Une plume pour deux âmes

Ce livre est dédié à :

Thierry,
Nicolas
et Nathalie

ISBN : 2-35185-086-6
SARL JMG éditions
8, rue de la mare
80290 Agnières
tel. 03 22 90 11 03
fax. 03 22 90 17 28
email : contact@jmgeditions.fr
www.parasciences.net

Christine André

Une plume pour deux âmes

Note de l'éditeur :

Ce livre est la réédition du livre publié
sous le même titre
en 2007 chez JMG éditions.

Préface
Monique et Jacques Blanc Garin

Lorsque Christine André m'a demandé si je voulais bien réaliser la préface de ce livre, ce fut un grand plaisir de répondre favorablement à ce souhait car, connaissant Christine depuis plusieurs années, j'avais eu l'occasion d'apprécier son honnêteté et la délicatesse avec laquelle elle délivre les messages qui lui sont transmis à travers son merveilleux don de médiumnité, de même que la démarche de bénévolat qu'elle adopte face à certaines situations auxquelles elle est confrontée. Tout ceci a contribué à ce que ce soit sans aucune hésitation que j'ai accepté sa proposition.

Ce n'est qu'en abordant la lecture de son manuscrit que je pris conscience de la délicate tâche qui m'attendait, face à la somme de révélations que Christine avait recueillie auprès de ses êtres chers de l'au-delà. Nous avons là en effet des témoignages d'une rare acuité sur les péripéties vécues, lors du grand passage, par deux âmes ayant accepté de se les remémorer pour que la plume du médium nous les offre en partage. C'est au fil des pages que j'ai pu apprécier la pertinence des descriptions qui accompagnent les divers états, de celui d'être physique face à la mort terrestre et l'inconnu qui l'attend, à celui d'âme qui découvre émerveillée son nouveau monde. Ce sont ces aspects qui ont retenu ma première attention, d'autant plus que je venais de vivre un départ depuis peu de temps et que, par ailleurs, certaines révélations reçues par Christine me rappelaient des messages que nous avions obtenus en TransCommunication Instrumentale (Tci) avec mon épouse Monique.

Une partie de l'ouvrage nous convie à un voyage sans retour, de l'avant passage au passage lui-même, ce qui nous permet de mieux appréhender et comprendre les pensées qui émergent dans ces moments, les aspirations de celui ou celle qui est sur le point de partir, seul malgré tout ce qui peut l'entourer. Nous y trouvons les histoires de deux vécus différents, l'un qui fait suite à une maladie, avec d'interminables instants d'attente face au grand saut désiré pour mettre fin aux souffrances, et l'autre, inattendu et brutal, provoqué par un accident. En complément de cela, de nombreuses questions sur la vie dans l'au-delà trouvent ici leur réponse, portant souvent à une enrichissante réflexion, sous la plume inspirée de Christine au service de deux âmes.

Le premier témoignage émane de l'esprit de Denise, amie très chère de Christine. Il m'a rappelé le départ de maman, il y a environ un an au moment où j'écris. Entrée à l'hôpital le jour de ses 94 ans, elle « partait » un mois après sans que nous ayons pu la ramener chez elle, tel que nous le souhaitions tous, elle la première, dans le milieu qu'elle aimait tant. Ce mois fut fait de souffrances, physiques malgré les calmants administrés, mais surtout morales de se voir ainsi diminuer de jour en jour.

J'ai retrouvé en Denise ces états : « *...Lors de mon départ, j'étais à bout de force physiquement et moralement... Et puis, j'ai attendu jour après jour que l'on vienne me chercher...* » Maman me disait aussi, lorsqu'elle pouvait encore s'exprimer : « *J'en ai assez, je voudrais que cela s'arrête, je suis fatiguée, il faut que le bon Dieu vienne me chercher* », jusqu'au jour où elle a confirmé ce choix auprès de l'hôpital et où elle a cessé de s'alimenter.

Oui, Denise m'a fait revivre les derniers jours passés auprès du lit de maman et j'ai mieux compris ses furtifs regards où me semblait percer une sorte de contrariété de nous voir, Monique et moi-même, assister à son agonie, ou comme une sorte d'agacement parfois lorsque nous lui caressions trop longtemps la main: « *Ceux que l'on aime sont près de nous et l'on ne sait pas vraiment ce que l'on veut. On est heureux de les voir et en même temps si fatigué...* »
Ces messages nous permettent de mieux comprendre les ressentis de ceux qui partent et de mieux adapter nos gestes et nos paroles lors de l'accompagnement, portés bien sûr par la consolation de savoir qu'ils vont être libérés de leurs douleurs et retrouver ceux qui les ont précédés: « *Ces retrouvailles font oublier la souffrance morale qu'il faut endurer avant le passage* », nous dit Denise une fois sa transition effectuée.

Puis vient ensuite la découverte de l'au-delà où « *Chaque instant est une éternité* » et de la force d'amour qui va guider le nouvel arrivant.

Le deuxième témoignage de passage, plus rapide puisque provoqué par un accident de voiture, est dicté par André, le papa de Christine. Nous y voyons tout d'abord que l'on n'échappe pas à notre destinée, mais aussi qu'un certain ressenti fait que l'on « sait » très souvent qu'il va se passer quelque chose d'important: « *Tu sais, je ressentais quelque chose de bizarre, comme une petite voix qui me disait de ne pas y aller, et en même temps j'étais dans l'impossibilité d'agir autrement* », nous dit André, ce qui l'amène aussi à avoir un comportement inhabituel ce jour-là.
Avec Monique, au sein de notre association Infinitude, nous avons eu de nombreux témoignages dans ce sens. Nous en avons recueilli aussi par l'intermédiaire de la Tci, témoin ce jeune décédé qui nous affirmait de manière bien audible: « ***Je le savais, je devais partir*** ».
Quels que soient nos décisions et comportements, il s'avère que tout s'organise bien pour nous amener là où il faut, et au moment exact, pour que le destin se réalise.

Contrairement à Denise, la brutalité du départ fait qu'André ne comprend pas tout de suite qu'il est mort pour les siens. C'est son Guide, qui l'éclairera et l'apaisera en lui expliquant sa nouvelle situation.

Ensuite, il répondra aux nombreuses interrogations de sa fille, avec ses connaissances du moment, étant entendu qu'il n'a pas la science infuse par le seul fait d'être dans l'au-delà. Il me semble d'ailleurs nécessaire d'insister sur ce point, pour avoir été souvent confronté en cours de réunions d'expérimentation Tci, à des personnes s'imaginant que leurs invisibles doivent pouvoir répondre à toutes leurs questions ou sollicitations. Ils ne savent pas tout et ne peuvent pas tout, chacun doit bien prendre conscience de cette réalité, et comprendre aussi qu'il ne faut donc pas les « harceler » de questions, notamment de type matériel concernant notre vie. Nous avons notre chemin à faire et personne d'autre ne peut le faire à notre place. Ce que nous savons en revanche, est qu'ils peuvent essayer de nous insuffler des idées afin que nous prenions la bonne direction et la meilleure décision face à nos problèmes, mais il s'agit alors d'une communion d'âme à âme.
N'oublions pas aussi que nos Invisibles ont besoin d'énergie pour se manifester et que certains moments n'y sont pas propices, particulièrement pendant quelque temps après le départ : « *Durant le temps de repos, nous ne le faisons pas ou peu. Nous le pourrions, mais il faut aussi que l'être humain ne soit pas égoïste et comprenne que nous devons nous recharger d'abord en énergie pour pouvoir être près de vous, vous contacter* ». C'est aussi le genre de message que nous avons en Tci lorsqu'un appel est trop rapproché du départ : « ***On ne peut pas la (le) déranger*** », ou encore pour exprimer certaines difficultés au niveau énergétique : « ***On a bien besoin de support*** ».
Alors, pensons d'abord à eux, et essayons d'être nous-même ce support, en nous élevant spirituellement.

En conclusion, nous avons dans cet ouvrage une mine d'informations sur cet au-delà où nous irons tous un jour, mais aussi sur notre consti-

tution d'être spirituel et de notre conscience, le miracle de l'amour, les âmes sœurs, le suicide, et bien d'autres sujets tous dignes d'intérêt.
On ne peut que recommander de lire ce livre avec attention, ne serait-ce que pour s'imprégner toujours plus de ce qui nous attend, même si nous ne le découvrons réellement que lors de notre propre passage. Cela permettra aussi d'être plus attentifs aux désirs que peuvent avoir nos êtres chers lorsqu'ils sont sur le point de nous quitter, tout en sachant qu'ils vont bien vers la lumière, dans l'infinitude de l'amour, et qu'ils ne seront jamais éloignés lorsque les événements le motiveront.

Bon voyage à tous… avec retour assuré, au gré des confidences de deux âmes, révélées par la plume de Christine André.

Fait en Normandie le 5 mai 2007.

Quand je me coucherai dans la tombe,
je ne dirai pas comme tant d'autres :
J'ai fini ma journée. Non car ma journée recommencera
le lendemain matin.
La tombe n'est pas une impasse, c'est une avenue ;
Elle se ferme sur le crépuscule,
Elle se rouvre sur l'aurore.

Victor Hugo

Le bonheur, c'est d'être à la bonne heure.
Être à la bonne heure c'est vivre le moment présent.

Si toutefois il était encore nécessaire de me donner une preuve de la survie de l'âme et de la continuité de l'Amour dans l'Au-delà, ces messages reçus en écriture intuitive, durant l'été 2006, en auront été témoins.

Ils m'ont été adressés par Denise, une amie chère et par André, mon père, tous deux de l'autre côté du voile.

Si leurs propos sont passés par le filtre de l'écriture, il n'en reste pas moins que j'ai tenu à conserver toutes les explications qu'ils m'ont données.

Leurs messages sont intacts, par respect pour ces deux âmes qui, sur terre, ont été les piliers de ma vie.

Denise est née le 7 septembre 1918 à Glons en Belgique. Elle étudia à l'université de Liège et y obtint une licence en Langues Germaniques, en 1942. Elle restera sa vie durant parfaite polyglotte. Elle suivit des cours d'analyses médicales pour assister son mari Raoul Renard, médecin omnipraticien. Aussi passionnée qu'érudite, elle ouvrit une Galerie d'Art à Hasselt en 1974, où art ancien et créations contemporaines se côtoyaient harmonieusement. Elle promouvra, en particulier, les créateurs de bijoux contemporains tant en Belgique qu'à l'étranger. Après les départs de son mari en 1990 et de son fils aîné en 1995, elle s'ouvrira de plus en plus à la spiritualité pour découvrir d'abord, et accepter ensuite, son don de médiumnité reçu par écriture automatique et la communication avec des personnes défuntes. Le fruit du grand nombre de messages en télépathie obtenus durant les dernières années de sa vie, fut repris dans son livre « Une main tendue », édité en 2002. Elle décéda sereinement en 2005, à l'âge de quatre-vingt-sept ans, confiante en ce que l'on n'emporte que ce que l'on a donné.

Denise et moi. Moi et Denise. Amour d'âmes sœurs. Nous nous rencontrons lors d'un congrès parisien en septembre 1999. La reconnaissance est immédiate. Un regard, quelques paroles, la sensation partagée de nous retrouver et ainsi débute notre amitié.

Avec son tempérament bien trempé, cette femme active, licenciée en philosophie, lettres et langue germanique – diplômes rares pour une femme de quatre-vingts ans passés – toujours en quête de nouvelles idées et de nouveaux projets, a illuminé ma vie pendant six ans et ce jusqu'à sa mort. Mon quotidien est ponctué de sa sagesse, de ses réflexions, de ses critiques aussi qui me permettent chaque fois d'aller toujours plus loin.

C'est une grande dame qui ne craint pas de remettre ses idées en question pour enrichir encore sa quête spirituelle.

Jusqu'à ce samedi 4 juin 2005 où un appel téléphonique de son fils m'annonce ce que je redoute depuis plusieurs semaines: Denise vient de passer sur l'autre rive. Quelques minutes ont suffi pour comprendre ce que mon cœur sait déjà. Je viens de perdre mon amie, ma mère, celle dont l'exigence m'a conduite à me surpasser et à pousser le plus loin possible, ma recherche spirituelle. Un trésor de justesse et de discernement. Ce jour-là, lorsque je suis venue près d'elle pour la veiller, j'ai caressé sa joue, sa main et c'est toute la puissance de son

amour que j'ai ressentie à travers elle. La sensation étrange qu'il était si fort qu'il irradiait sa peau pour venir m'effleurer avec douceur et m'envelopper de chaud.
Son enveloppe corporelle m'a permis de toucher son âme durant sa vie terrestre. Maintenant c'est son amour qui me fera avancer encore et encore.

4 juin 2005

Nous sommes en 2005, ***le 4 juin***. Tôt le matin, Thierry, le fils de Denise, me téléphone : Maman vient de s'en aller, m'annonce-t-il. Paroles qui me glacent, bien que depuis quelques jours, son départ ait été prévisible. Le cœur en peine, je réserve des billets de train, pour arriver au plus vite à Hasselt en Belgique : Denise m'avait demandé d'être auprès d'elle pour la veiller, avec son fils, dès le jour de son départ.
Les yeux embués de larmes et comme un automate, je tape sur l'ordinateur ma recherche de réservation. Alors s'ouvre, devant mon regard étonné, une page de publicité qui bientôt couvre tout l'écran. Il est écrit en lettres majuscules : CHAMPAGNE ! Cette première image laisse la place à une autre représentant une propriété dont les deux majestueuses portes en chêne se referment. Troisième image : une flûte de champagne pétillante de bulles ! Agaçante cette publicité festive ! Le moment est mal choisi ! La réservation faite, j'ai juste le temps de me préparer. Je serai à Hasselt vers 18 heures. Impatiente d'être auprès de Denise, je ne prête guère attention au trajet.

Et je me souviens… Lors de mes séjours, elle descendait chaque matin pour me rejoindre dans le salon, vêtue d'une robe de chambre. Après le rituel du baiser sur la joue, nous déjeunions face à face et je savourais ces moments de complicité où, encore endormie, elle me disait : Qu'allons-nous faire aujourd'hui, j'ai pensé que…, et nous parlions, à table d'abord, puis assises sur son canapé recouvert d'un drap blanc. Le temps passait. Vers onze heures, nous bougions enfin pour aller nous préparer. Tout en discutant, Denise avait épluché les pommes de terre, à sa manière unique : les épluchures formaient une dentelle fine sur le papier posé sur ses genoux. J'entends encore le bruit de ce dernier effleuré par ses mains… Quelques instants plus tard, nous redescendions au salon.
Avec son chignon blanc impeccable, ses robes confectionnées par ses soins et son sourire accroché aux lèvres, Denise était chaque fois

aussi coquette et aussi belle. La journée s'écoulait. Nos discussions à propos de l'au-delà étaient intarissables, tant nous aimions partager nos différents points de vue. Le soir, après un dîner frugal, Denise montait dans sa chambre. Je la rejoignais plus tard et m'asseyais dans le petit fauteuil de sa jeunesse, à côté du lit, où elle s'était allongée, préparée pour la nuit dans sa chemise.
Moment de bonheur suprême ! Là, devant un café et des spéculoos, nos conversations allaient bon train. Parfois, ô joie, Denise me proposait une place auprès d'elle. Assises, nous partagions la couverture et échangions nos propos. Nous nous reflétions dans le miroir placé en face de son lit. Puis, je la laissais se reposer et montais dans ma chambre à l'étage supérieur, le cœur ravi. Rituel quotidien jusqu'à mon départ. Puis la tristesse de la séparation… Alors nous allions communiquer par e-mail plusieurs fois par jour. Les derniers mois, Denise souffrant de cécité, nous nous appelions quotidiennement.

Voilà ce qu'elle était pour moi, ce qu'elle est encore et sera toujours : ma seconde maman, mon enseignante, ma confidente. Une des personnes qui me connaissait le mieux.
Dans cette maison, rien ne sera plus jamais pareil !

Arrivée à Hasselt, je sonne à la porte et Thierry vient m'ouvrir. Je monte cet escalier vide jusqu'à sa chambre et pénètre dans cet endroit familier qui a déjà perdu de son intimité. Elle est là, allongée, si belle ! Je m'approche de son lit et doucement pose un baiser sur son front, sur sa joue. Quelle surprise de sentir sa peau si souple, si soyeuse… Je lui parle. Ma poitrine m'oppresse, me fait mal. Puis d'autres amis, chers à mon cœur, Jozef et Jenny, viennent nous rejoindre. Ensemble, nous descendons au salon. Le fils de Denise dit alors : « nous allons boire une coupe de champagne. Maman l'appréciait tant. Elle a tenu à en boire avec tous les gens qu'elle aimait et qui lui ont rendu visite ces derniers jours ».
Hélas, j'étais bloquée à Paris ! ! ! Jozef ajoute alors en me regardant : « d'ailleurs, elle était désolée de ne pas avoir trinqué avec vous ». Le champagne, la publicité sur l'écran de l'ordinateur, le verre, les por-

tes qui se ferment, symbole de la vie qui s'en va... C'était donc le premier signe de Denise, juste après son départ. Je viens de le comprendre et le raconte à mes amis présents. À cet instant, nous la sentons tout près de nous. Le soir, je monte l'embrasser, sa peau est toujours aussi souple... Puis, je lui parle avant de me coucher.

Dimanche 5 juin.

En accord avec Thierry, je retourne le matin dans la chambre de Denise et allume les veilleuses qui illuminent la pièce. Je lui dis bonjour, l'embrasse, lui parle. Je sais qu'elle m'entend. Aujourd'hui, Thierry, son fils, a proposé une réunion de nous tous pour prier et être en communion de pensées avec elle. Le soir, durant une trentaine de minutes, nous sommes dans une concentration totale et en parfaite concordance avec Denise, à tel point que nous pensons tous qu'elle ouvre les yeux et bouge les lèvres. Chacun retourne chez lui et, après une collation légère, Thierry et moi montons dire bonsoir à Denise. Surprise ! Les traits tirés, elle semble fatiguée. C'est très étrange ! Thierry et moi allons nous coucher, après l'avoir embrassée. Et sa peau est toujours aussi souple...

Lundi 6 juin

Comme la veille, j'allume les veilleuses dans la chambre de Denise. Quel visage aura-t-elle ce matin ? Je l'ai vue si pâle et lasse hier soir. Je m'approche de son lit. Force est de constater que Denise a retrouvé ses couleurs et son visage reposé ! ! ! Comment est-ce possible ? Je l'embrasse. Sa peau est toujours douce et moelleuse, et là, je l'entends. Elle me dit : *Ma petite fille, j'étais si fatiguée hier soir, cette séance avec vous était magnifique, mais notre concentration commune m'a vidée. Maintenant je me sens mieux. Je vais partir complètement, je vais m'en aller et quitter mon corps. Mais je reste près de vous.*

Je l'embrasse fort sur la joue pour la joie de ce message ! Mes larmes coulent car je ressens que là, elle nous quitte humainement.

La journée passe; Le soir lorsque nous venons la saluer, je pose mes lèvres sur sa joue et c'est une peau glacée et dure que j'embrasse. Oui, Denise, tu es vraiment partie ailleurs et ton enveloppe est vide!

Mardi 7 juin

Une journée très pénible commence. Denise sera mise dans son cercueil. Je ne tiens pas à être présente et nous décidons, son fils et moi, de partir chacun de notre côté et de nous retrouver en début de soirée. Je me sens lourde, triste et Hasselt, ville charmante, m'exaspère. Au moment de rentrer, je franchis le seuil avec appréhension. Je n'ai pas envie de voir Denise au tombeau. Je rêve qu'elle m'ouvre la porte, me serre dans ses bras, me prend par la main pour m'emmener boire un café dans le salon et déguster les petits gâteaux qu'elle est allée chercher exprès pour moi le matin même. Mais, dans cette grande entrée, Denise n'est plus, enfin je ne la vois pas! Tout au fond, dans le salon, près de la grande baie vitrée, est installé son cercueil. Dessus, son fils a déposé la bague qu'il lui avait offerte et qu'elle aimait tant: le labyrinthe. Peu de temps avant son départ, allongée dans son lit et moi assise près d'elle, elle m'avait pris la main et m'avait dit, en touchant sa bague: « *regarde bien, cette bague, tu vois, représente le chemin de la vie. Et bien, je suis presque arrivée au centre!* » Maintenant, c'est la bague qui est au centre… du cercueil! Les chaises sont toutes disposées devant pour la cérémonie du lendemain. Avec soin, Denise avait préparé l'organisation de ses obsèques. Elle ne souhaitait pas une cérémonie religieuse, avait fait la liste des personnes qu'elle désirait présentes chez elle, pour l'au revoir. Le soleil, pourtant présent dans la pièce en cette fin de printemps, n'arrive pas à égayer l'endroit. Thierry et moi parlons dans la cuisine et revenons au salon. Je regarde à deux fois: la bague est devenue une boule de feu rouge.

De son centre jaillit une lumière inexpliquée. J'en fais la remarque à Thierry qui me répond: « c'est sans doute le soleil qui s'y reflète ». Je ne suis pas convaincue et ne peux m'empêcher de regarder le bijou sous divers angles. Puis chacun de nous regagne sa chambre.

Mercredi 8 juin

C'est le jour de l'inhumation. Les parents et amis de Denise arrivent. Jozef et Jenny entrent dans la maison et viennent près de moi. Jozef, lui aussi médium, stupéfait me regarde et dit : Vous avez vu la bague ? Toute l'énergie de Denise passe à travers elle. C'est extraordinaire. En effet, la bague est toujours illuminée. Après une cérémonie, extrêmement touchante, avec textes et musiques préparés avec amour par Thierry, nous allons déjeuner tous ensemble, puisqu'ainsi le voulait Denise…

Décembre 2005

Avant que la maison ne soit vendue, j'y reviens une dernière fois. Je remercie ce lieu de la joie qu'il m'a procurée. Sur la route du retour, mon cœur me pèse. Je suis avec Denise, je lui parle, je me souviens et à ce moment-là, j'entends pour la première fois la chanson d'Amel Bent : “Ne retiens pas tes larmes, laisse aller ton chagrin, c'est une page qui se tourne et tu n'y peux rien, pleurer ça fait du bien et si tu as de la peine, n'oublie pas que je t'aime, je ne serai jamais loin…”
Un des derniers après-midi, nous avions parlé Denise et moi de la médiumnité et de l'ouvrage que je désirais écrire. Elle m'avait proposé de lui poser diverses questions et y répondait par le biais de la médiumnité. Le soir, épuisée, elle me dit : *je crois que c'est la dernière fois que nous pouvons travailler ainsi, car lors de ta prochaine venue, soit je serai passée de l'autre côté, soit je serai trop faible pour parler, mais ne t'inquiète pas, ton livre se fera, car nous continuerons à travailler, chacune de notre monde.*
Voilà dix-neuf mois que Denise est partie. Elle est venue me porter son premier message, un mois après son départ et s'est manifestée le même jour, auprès de Josef, Jenny, Thierry et moi dans sa maison, à travers la cheminée. Nous sommes restés interloqués ! Si vite et si fort !

Depuis, Denise est venue plusieurs fois me parler et je dois dire que l'ouvrage que je réalise actuellement est différent de ce à quoi j'avais pensé. Il est guidé par Denise et par André.

21 novembre 2005

Je viens te donner mes ressentis, impressions et commentaires quant au passage et à ce que je suis maintenant, ce que je vois et comment je le perçois. Oh je ne détiens pas la vérité, loin s'en faut! Juste dire qu'il est formidable de ne plus être dans les énergies noires de la terre mais dans une dimension qui nous permet de regarder et de comprendre. L'évidence.

Je reviendrai sur mon passage, car il y beaucoup à dire sur cet instant où l'on n'est plus vraiment sur terre mais où l'on s'accroche encore avant le grand saut. Non qu'il y ait souffrance, mais la crainte de passer par ce couloir inconnu.

Tu sais que j'ai toujours appréhendé ce moment-là. Il n'a pas été difficile, mais je ne savais comment faire... Je poussais dans mon corps, comme pour accoucher, alors que rien ne vient de là et que l'âme était déjà ailleurs. Lorsque mon corps l'a rejointe, il m'a fallu réaliser ce qui s'était passé. J'ai vu mon fils près de moi et entendu ses propos face à ce médecin, j'ai compris que je ne faisais plus partie de votre monde. Je baignais dans de la ouate lumineuse, une douce chaleur me rassurait.
Je ne me suis pas demandé quoi que ce soit d'autre car Stéphane, mon fils disparu, était là, si beau, si grand! Il m'a prise dans ses bras et j'ai pleuré de joie un long temps me semble-t-il, comme si ma peine terrestre de son départ se dégageait là. C'était émouvant et troublant et enfin ce n'était plus un rêve... Mon mari Raoul aussi était près de moi, mon ami Paul et tant d'autres pour m'accueillir dans la joie.

Tu sais, on ne peut décrire cette Réalité car elle nous dépasse par sa Force et sa Lumière. Ce moment des retrouvailles est d'une grande intensité d'Amour. L'on comprend que tout a un sens, un but, et que

la douleur, si forte sur terre n'était qu'une goutte d'eau face à l'éternité.
Te dire que je pouvais analyser, non, pas vraiment, mais je savais que de ce temps si long et si pénible, il ne restait rien. Je m'explique. C'est comme un parcours de tests que l'on veut réaliser, comme un examen où il est question de comprendre ce que l'on n'a pas toujours su mener à bien et aussi de faire passer des notions de savoir dont, bien sûr, nous ne sommes plus conscients sur terre. Ici, l'examen de notre vie est très rapide !!!
Mon but est d'apporter la sérénité à ceux qui redoutent la mort. Pourtant, il n'est ni passage plus doux ni sensation plus agréable que de se sentir enfin éloigné de la grisaille terrestre.
Plein de baisers pour toi.
Denise

30 novembre 2005

Je vais revenir sur le passage, ce moment où l'âme, par une vibration sacrée s'envole du corps terrestre physique. Moment où l'épreuve prend fin, où l'on se retrouve dans un monde plus glorifiant et plus serein. C'est l'instant où l'on doit dire au revoir à nos compagnons de route, certains pour très longtemps, d'autres moins, où l'on retrouve nos amis. En avançant en âge sur terre, ils sont de plus en plus nombreux quand nous arrivons ici. Étrange voyage qui n'admet pas de retour. C'est un aller simple pour un réveil de délivrance, où enfin on peut vivre pleinement. Sans peur ni violence, sans mensonge ni trahison, sans faim ni soif, sans maladie ni douleur, sans fatigue ni épidémie. Dans l'Amour tout simplement. Ces évidences ne sont pas vécues ainsi, c'est après le temps de repos que l'on commence à faire ce bilan et à comprendre combien l'on vient de vivre un moment important.

Lors de mon départ, j'étais à bout de forces physiquement et moralement. Je ne voyais pas comment j'aurais pu me sortir de cette situation qui se resserrait de jour en jour. J'aurais bien aimé que tu sois là ! Je sais que tu ne le pouvais pas mais à toi j'aurais osé dire cette lourdeur, cette peur et cette lassitude qui étaient miennes. Je ne pouvais même plus te parler au téléphone, je n'en avais plus la force. Alors je priais, j'ai beaucoup prié tu sais pour ceux que j'aime et pour tous ceux que je ne connaissais pas mais qui étaient dans la peine.

Et puis j'ai attendu. J'ai attendu jour après jour que l'on vienne me chercher. Je l'ai souhaité durant les trois derniers mois, souhaité ardemment pour être libérée de ce fardeau. Tu sais, ne plus voir comme tout est beau, ne plus voir le visage de ceux qu'on aime, ne plus voir son quotidien, c'est terrible. Et ce corps qui n'en pouvait plus et qui m'empêchait d'être en harmonie avec ce que j'aurais aimé être ! Il me plaisait de recevoir, d'être attentive à ceux que j'aimais. Je n'étais plus cela.

Il ne faut pas croire qu'on le vit bien, c'est un parcours initiatique très difficile. On nous demande peu à peu de nous défaire de ce qui a été nous, de notre fierté, de notre orgueil et surtout d'être dans la simplicité la plus totale. Le détachement est le plus difficile à conquérir mais lorsqu'on y parvient, c'est fantastique. J'y suis arrivée les derniers temps et là plus rien de terrestre n'avait d 'importance à mes yeux. J'étais tournée vers l'autre monde et ne voulais pas m'embarrasser de considérations superflues. Lorsque ce détachement est acquis, alors ce parcours initiatique se termine et l'on peut s'en aller. À ce moment-là, on se demande comment sera le passage. Va-t-on avoir mal, s'en rendre compte, va-t-on résister ? Ces questions, le « futur mort » les traverse. Seul, car aucun être à ses côtés ne peut comprendre à quel point c'est inquiétant, oppressant, dérangeant. Nous allons vers l'inconnu, mais comment y aller ? Des doutes nous assaillent, on ne sait pas, on ne sait plus, on ne sait rien. Notre vie terrestre est faite d'à peu près et ce que l'on envisage de l'autre monde n'est que suppositions, vagues suppositions qui, de l'autre côté se révèlent à nous, quelquefois différemment de ce à quoi nous avions pensé.

Pour en revenir à l'avant passage, c'est une période très dure où il nous faut nous abandonner mais comment et à qui ? Pour ma part, la prière a été essentielle car en m'adressant au Seigneur, cela m'a permis d'être rassurée et sereine. Ceux que l'on aime sont près de nous et l'on ne sait pas vraiment ce que l'on veut. On est heureux de les voir et en même temps si fatigué ! La fatigue est ce qui a été le plus difficile à vivre car elle était présente dès le réveil et ne me lâchait que lors du sommeil la nuit suivante. Cet état de lassitude, c'est difficile à vivre. Voilà les impressions de l'avant. La prochaine fois, nous reviendrons sur le passage à proprement parler.
Je t'embrasse.
Denise

5 janvier 2006

Ce soir, je vais continuer à te parler de mon expérience. Il va sans dire que je suis encore loin de tout comprendre, mais je tente d'analyser chaque situation vécue ici pour te la transmettre. Comme le temps n'existe pas, je ne sais déjà plus situer mon arrivée dans le vôtre. C'était, me semble-t-il, au mois de juin, mais depuis, rien n'est calculable. Chaque instant est une éternité.
Étrange, cette sensation d'envol à toute vitesse, de ce décollement terrestre, de cette poussée qui nous mène vers l'ailleurs. On ne comprend pas... Comme dans un rêve, l'on glisse, l'on avance vers un point lumineux de plus en plus net, gros et chaud. Cette arrivée parmi les miens a été si belle!!! Un moment de bonheur malgré mon départ difficile! Ce qui a été marquant les dernières heures ne signifiait aucunement que j'étais encore dans mon corps. L'abandon n'est pas facile. On saute dans le vide, et très vite le tunnel prend sa place.

Et si nous revenions à ton passage? Qui est venu t'accueillir?

Stéphane m'attendait ou plutôt ses bras car c'est bien dans ses bras que je me suis retrouvée, étonnée, heureuse, croyant rêver... Il m'a adressé une pensée : Enfin tu es avec nous. Devant mon air étonné, il a ajouté : tu n'es plus obligée de repartir. Ta corde est coupée. Tu fais partie de nous, tu es avec nous.
Après ce moment impossible à évaluer, ce fut le tour de mes proches, sous l'œil attendri de mon grand-père. Ces retrouvailles font oublier la souffrance morale qu'il faut endurer avant le passage. On nous montre ce qui se passe sur terre. Je t'ai vue près de moi. Je t'ai sentie lorsque tu touchais à ma joue et y déposais un baiser. J'étais encore reliée à mon corps et pouvais sentir ceux qui m'embrassaient.

Le premier jour a été important... Je devais me libérer alors que vous étiez dans la peine. Lors de votre séance de prières à mon intention, je n'ai pas pu trouver tout de suite ma sérénité, bien que dési-

rant être en communion avec vous. Oui, ces instants je les ai partagés avec vous en spectatrice. Ici, nous commentions, essayant d'alléger vos doutes, vos peurs et votre peine.
À bientôt. Je t'embrasse.

Denise

15 mars 2006

Qu'est-il important que vous compreniez de notre passage ? Tant de choses ont été dites et sont dites, mais ne remplissent pas toujours la fonction d'information, mais plutôt de sensationnel. De ce côté du voile, après le tunnel, je me suis sentie attirée vers une force lumineuse. Je m'y dirigeais à grande vitesse me semblait-il et sans pouvoir faire autrement. Personne ne me poussait pourtant ! Voilà comment je pourrais traduire l'instant qui a suivi l'expulsion de mon corps. J'ai vécu cette sensation de rapidité à me diriger vers ce point lointain lumineux qui devient petit soleil et puis une mer immense de lumière où je me suis baignée avec Amour et intensité dès que j'y suis entrée.

C'est la porte du paradis en somme !

Non juste une délimitation, l'entrée dans notre nouveau monde. Nous nous laissons porter. Une force d'amour, une force invisible nous guide et nos pas vont tout seuls en direction d'on ne sait quoi. On ne marche plus, on se déplace comme en apesanteur ; comme dans un rêve. On ne pense pas, on suit.

Qui suis-tu ?

Mon Guide, celui qui nous accueille à la porte, celui qui nous montre le chemin comme une hôtesse qui nous précéderait pour nous faciliter le chemin. Il m'a accueilli, ne m'a rien dit et naturellement je l'ai suivi. Aucun souci, mon esprit était dégagé de toute préoccupation terrestre, sans avoir encore compris que je n'y étais plus.

Combien de temps cela a-t-il duré ?

Une seconde, une minute, une heure, un jour, je ne sais pas. Plus de notion de temps. Que du bien-être !

Le Guide me laissait la joie de retrouver mes proches et de la vivre intensément. Comme l'enfant qui rentre au pays… Comme le malade qui rentre guéri.
Peu après, accompagnée, je me suis vue dans mon lit, dans ma chambre, moi en haut et Thierry s'affairant à je-ne-sais-quoi, le concret terrestre ne me concernant plus. Et là seulement j'ai compris que j'étais arrivée dans l'autre monde. Par des bribes de phrases, j'ai entendu Thierry te le dire. Je pouvais flotter entre les deux mondes.
Curieusement, à ton arrivée, ta pensée me devenait accessible. Je ressentais ta peine. Je t'appelais mais ton chagrin te coupait de mes pensées et tu ne m'entendais pas encore. Puis je me suis retrouvée dans mon salon. C'était drôle ! Je n'avais qu'à penser et je me trouvais au même endroit que vous. Je marchais au milieu de vous. Quelle sensation étrange ! Vous étiez déjà dans les souvenirs et moi dans la découverte. Je pouvais me rendre perceptible à vos yeux, à vos pensées. Je partageai cela avec mon Guide, puis une lassitude me gagnant, je m'éloignais de vous, de ma maison, pour rester avec lui. Cette sensation de fatigue, de peiner subitement et de m'éloigner, le Guide me l'a expliqué : je me trouvais en baisse d'énergie.

Que veux-tu dire ?

C'est lorsqu'une personne décédée depuis peu ne peut plus se faire entendre, car trop épuisée. Une grande fatigue arrive subitement, notre énergie s'en va d'un coup, nous obligeant à revenir dans le monde où nous allons pouvoir nous régénérer.

Peux-tu m'expliquer ce fameux dimanche où nous avons cru te voir ouvrir les yeux et bouger les lèvres ? Était-ce un effet d'optique ? Notre volonté de te voir encore parmi nous ? C'était si fort que j'en suis convaincue, mais j'ai besoin que tu me l'expliques…

Par toutes vos prières, je me suis sentie portée, surélevée, emplie d'un amour exceptionnel. C'était beau à voir d'ici car toutes vos énergies de pensées réunies formaient une couleur merveilleuse au-dessus de vos têtes. Nous étions en communion parfaite, réunis ensemble sur un autre plan, un autre niveau. C'est pourquoi vous avez pu me percevoir les yeux ouverts et bougeant les lèvres. Vous étiez dans un autre champ de conscience. Par cette force, vous avez atteint un plan où nous avons pu nous rencontrer. Vous m'avez donné tant d'énergie que j'ai pu, à travers mon corps et sans vie apparente, vous montrer combien j'étais présente parmi vous. C'est votre force, vos énergies qui m'ont permis cela et qui ont pu créer cette rencontre fantastique. Mais dès votre retour à un état normal et que vous avez commencé à parler, à bouger, une fatigue terrible s'est emparée de moi et j'ai dû repartir.

Je t'embrasse fort.

Denise.

5 mai 2006

Nous allons honorer ta première année de départ Denise.

Oui, c'est encore récent. Revenons sur ce départ, sur cette sensation de pousser hors de moi, comme si j'accouchais de ma vie terrestre, afin de m'en libérer. La peur, l'inquiétude du moment, je les ai ressenties, oh quelques secondes, mais c'est cette peur de la souffrance qui m'a paniquée. Rien d'autre. Puis je me suis recroquevillée et mon âme était déjà envolée. Je voyais mon corps se débattre sur ce lit. Se débattre avec le tout petit bout de vie qu'il me restait, Thierry m'aidait, si proche et si gentil.

Transition difficile, non pour moi l'observatrice, mais pour mon corps. Mon fils et moi n'avons plus fait qu'un. Je lui avais donné la vie en le faisant sortir de mon corps, il m'aidait à ce que la vie le quitte. La différence est que sa naissance l'a fait souffrir, alors qu'il ne m'a donné que douceur et chaleur pour m'en aller. Privilège qui au premier regard peut sembler insupportable. À mes côtés, se tenait un être que je ne distinguais pas encore – j'apprendrai plus tard que c'est mon guide –. Absorbée par mon départ, je ne me souciais que de cela. Lorsque j'ai pris conscience de la présence de mon guide, et que je me suis tournée vers lui, c'est comme si j'acquiesçais, comme si j'acceptais l'autre monde. Très vite, mon cœur a cessé de battre.

Ici, la conscience est autre. En fait l'expérience terrestre n'est qu'un feu de paille !

Et cette cécité si lourde pour toi la dernière année de ta vie, la comprends-tu ?

Je me l'étais imposée avant de m'incarner. Mais, arrivée sur terre, la notion du temps revenue, la souffrance semble interminable et injuste. Nous portons notre croix ! Combien de fois t'ai-je dit à quel point ce que je vivais était dur. Je n'avais aucune compréhension de ce que je vis maintenant. J'étais dans l'instant présent et tu es témoin de la difficulté de mes derniers moments. Parfois, je n'étais plus moi-même. Je dirai plutôt que là, je n'étais plus à la même époque de ma vie. Je retournais dans l'enfance, m'adressant à ceux que j'aimais, à mon grand-père surtout. Je l'appelais à l'aide.

Denise, c'était très saisissant de te voir déconnectée du présent.

Je le sais puisque la première fois c'était avec toi. Périodes où je sortais de mon corps, qui ne me laissaient aucun souvenir. J'ai revu cela à ma demande, je le précise, pour bien comprendre le processus du corps humain et de son cerveau, pour témoigner comme je le fais auprès de toi. L'important est de comprendre que lorsque nous quittons notre corps dans ces moments précis, nous sommes doubles. Ce qui paraît abominable à nos proches ne l'est pas pour nous puisque nous sommes ailleurs. Lorsque nous réintégrons notre corps, nous sommes pris d'angoisse à cause de notre perte de contrôle. Voyageant entre les deux mondes, je ne voyais plus l'intérêt de protéger mon corps d'une pudeur qui n'avait plus de raison d'être.

Cette expérience est bien sûr attribuable aux personnes âgées et malades. Celui qui meurt d'une crise cardiaque ou d'un accident ne peut se poser ces questions. Si tu le désires, je demanderai à ton père de t'expliquer son départ brutal, s'il en a encore souvenir depuis cet espace-temps si long. Il pourrait être intéressant de comparer nos départs. Il me faut son accord et le tien, car je ne veux pas te faire souffrir si tu revis cela. Qu'en penses-tu ?

Je vais y réfléchir Denise.

À bientôt, je t'embrasse.

Ne dites pas : mourir, dites : naître.
Victor Hugo

L'âme qui veut retourner à ses sources éteint le cœur.
Denise Renard

Je vais fermer l'œil terrestre
Mais l'œil spirituel restera ouvert
Plus grand que jamais
Victor Hugo

André est né le 25 juin 1923 à Saint Hilaire de Riez en Vendée. Après avoir obtenu brillamment son certificat d'études, il a fait plusieurs métiers, puis s'est marié avec ma mère. Il est monté à Paris où il a ouvert une épicerie avant de se faire embaucher dans une société de vins et spiritueux. C'est au cours d'une mission pour cette société, qu'il a trouvé la mort dans un accident de voiture, le 28 mars 1963. Il avait trente-neuf ans.

Depuis, il m'accompagne, me soutient et me guide tout au long de ma vie, sublimée par son amour éternel.

Mon père et moi. Moi et mon père. Amour total. Mots indissociables depuis ce mois de mars 1963. Accident de voiture à Chartres, hôpital, morgue. Moi, sept ans. Ma vie qui bascule dans l'horreur de la perte de l'être aimé. Lui, mon père, trente-neuf ans. Il ne reviendra plus et sera, pour les jours qui me restent, le premier mort de ma vie. Je dois partir à sa recherche, le trouver. Je prends mon billet aller sans retour pour garder cet amour, ce père absent qui déchire mon cœur de petite fille.
Il est à peine inhumé que je l'entends… Comme une évidence. Du haut de mes sept ans, je sais qu'il est là. Je peux reprendre mon sourire de petite : son absence est terminée.

À défaut d'être lovée contre lui ou de me pendre à son cou, je l'écouterai me guider dans ce monde devenu terne et triste. Il sera mon oreille et ma voix, dans ma famille en deuil et auprès de ma mère désorientée.
Il me parle, me fait rire et me gronde par oreille interposée. À cet âge, tout semble si naturel ! Jusqu'à cette adolescence perturbée par les paroles assassines d'un proche *bienveillant* qui salit cette belle histoire en la transformant en hallucination. Qu'importe ! Seule et blessée, je marche malgré tout, vers ce père aimant qui m'insuffle la force de continuer à croire.

Alors, sur la route qu'il me trace, des personnes vont me croiser, elles-mêmes convaincues qu'après la mort, il y a…
Au-delà des incompréhensions de mon entourage, je prends la décision de consacrer ma vie à écouter tout message venant d'une âme

qui s'est envolée, pour le transmettre à ceux qui ont perdu un être cher.
Depuis vingt ans, je reçois des messages de l'autre monde. Mon cœur s'emplit de bien-être, lorsque des larmes de soulagement coulent sur les joues de mes visiteurs.
Et mon père, près de moi, me chuchote ces quelques mots qui me ravissent :

Ma fille, je t'aime tant.

5 août 2006

Bonsoir ma fille, je t'avais bien dit que je viendrais te parler. Cela fait bien longtemps que ce n'est plus arrivé.

Au moins cinq mois, c'était long !

Tu sais depuis ces quelques jours, j'attendais le moment propice pour venir te parler.

Oui. Depuis que Denise m'a proposé de te demander le récit de ton accident de voiture, j'attendais, en signe d'accord, que tu me réveilles, afin que, sous ta dictée intuitive, j'écrive le déroulement de ta fin de vie terrestre.

Le moment propice n'a pas été facile à trouver, compte tenu de ta fatigue actuelle ! Change de stylo s'il te plaît Ça ne va pas. Merci, là ça va aller, l'écriture est plus légère. Le rêve que tu as fait, où l'on te remettait une lettre avec mon écriture et où je te faisais signe de la main était pour que tu comprennes que je désirais te parler.

Je l'ai compris. C'était plus un songe qu'un rêve, c'est-à-dire une rencontre entre nous deux. J'étais en compagnie d'une amie qui me tendait une lettre. Je pouvais y lire mon nom et je reconnaissais ton écriture. Étonnemment de ma part, puisque tu étais mort. J'ouvrais l'enveloppe. À l'intérieur, le message de ta prochaine venue était indiqué avec précision. Au même instant, je te voyais devant moi. Tu me faisais signe de la main. Puis je me réveillais sans me souvenir du contenu de la lettre, mais avec l'intime intuition que j'allais bientôt t'entendre.

Pour l'écriture de ton livre, il était important que je vienne t'expliquer ma mort.

Je préfère parler de ton départ.

L'idée de Denise était bonne.

Celle de pouvoir comparer vos passages ?

Oui, mais j'ai préféré t'expliquer moi-même. Ce sera entre nous deux une rencontre émouvante et forte pour parler de ce passé qui sera pour toi une épreuve à revivre.
Par quoi commencer ? Par ce matin frileux où je n'avais pas envie de prendre la route ? Le destin en avait décidé autrement. Tu sais, je ressentais quelque chose de bizarre, comme une petite voix qui me disait de ne pas y aller et en même temps j'étais dans l'impossibilité d'agir autrement.

Oui, Maman m'a souvent raconté les dernières vingt-quatre heures, avant ce jeudi. Tu étais directeur des ventes dans une société de vins et spiritueux et tu as dû remplacer un collègue à la dernière minute, changer l'itinéraire de ta tournée de clientèle, te rendre à Chartres et, contrariété supplémentaire, te déplacer avec la voiture de ce collègue, une quatre chevaux, la tienne étant en réparation au garage. Maman m'a toujours dit t'avoir vu très perturbé par ces changements de dernière minute pour le lendemain, ce 28 mars 1963. La veille au soir, tu lui as confié ne pas être à l'aise, sans bien savoir pourquoi. Et moi, insouciante petite fille qui insistait pour te lire la page de mon livre de lecture "Michka, l'ours". Et toi, papa gâteau qui a fini par me prendre sur tes genoux et m'écouter lire pour la première fois, la dernière pour toi. Dernier câlin, dernier baiser, dernières paroles avant de me coucher : "C'est bien ma Kiki".

Pourquoi suis-je allé chercher les croissants ce jeudi-là, alors que je n'y allais d'habitude que le dimanche ? Je voulais sans doute marquer quelque chose, mais quoi ? Je ne le savais pas.

C'est vrai, Maman a été étonnée de trouver ces viennoiseries sur la

table au matin. Tu étais déjà parti. Elle m'en a fait la réflexion. Habituellement, tu réservais cela au dimanche. Et la bouteille de vin, tu t'en souviens ?
Pourquoi l'avoir remontée de la cave avant de partir alors qu'habituellement tu le faisais le midi, lorsque tu rentrais pour déjeuner ?

Je n'ai pas plus d'explications que pour les croissants ! Ce jeudi matin, je devais récupérer le règlement tardif d'une livraison concernant l'un des clients de mon collègue. Ma tâche accomplie, sans grande difficulté, je m'apprêtais à rentrer chez nous pour déjeuner.

C'était juste ça pour toute la matinée ?

Il n'y avait pas encore d'autoroute et nos voitures ne roulaient pas à la même vitesse que maintenant ! Il faut te remettre dans le contexte de l'époque !

Je n'y avais pas pensé.

Je m'apprêtais à rentrer chez nous, lorsqu'en sortant de chez ce client, j'ai rencontré un copain qui habitait près de Chartres. Il m'a invité à déjeuner chez lui, en compagnie de sa femme. J'ai accepté volontiers, cela me faisait plaisir. J'ai téléphoné à ta mère pour lui dire que je rentrerais en début d'après-midi.
Tout ceci me demande de me remettre dans un état bien spécifique pour parvenir à revivre ce que j'ai vécu.

Oui et je t'en remercie.

Continuons. Après déjeuner, j'ai repris la route rapidement en direction de L'Haÿ-les-Roses pour rentrer de bonne heure. La route me paraissait lisse, sans difficulté.

Mais qu'est-ce qui s'est passé exactement, car j'ai eu, depuis plus de quarante ans, tant de versions différentes. Enfin je vais connaître ta vérité.

Je ne l'ai pas vue venir tu sais, l'autre voiture. Lorsque j'ai compris que je ne pourrais pas l'éviter, c'était trop tard.
Le choc a été d'une violence inouïe. En le revivant, j'entends ce bruit, lorsque la voiture a heurté la mienne. Il est arrivé comme dans un mirage, comme une énorme chose qui vient sur toi pour t'écraser. Je n'ai rien pu faire. Puis j'ai senti la voiture se déporter vers un contrebas... Où étais-je en déséquilibre ?

D'après ce que l'on m'a dit, l'autre véhicule t'a projeté dans le fossé. Tu avais mal ?

J'ai senti ma tête, mon cou devenir si lourds et le bruit des ferrailles qui s'écrasent, qui se gondolent. Oh celui de la tôle, c'était insupportable, sûrement très court dans le temps, mais insupportable, et les cris de plusieurs personnes...

Et après ?

Plus rien, le silence. Comme au ralenti et le froid, un grand froid. Le défilement de ma vie. Ta mère que je voyais devant moi et vous deux mes filles...
J'étais déjà dans un espace-temps qui n'était plus le vôtre. Je ne pouvais pas bouger. J'avais si mal, un mal diffus. J'étais lourd, fatigué, comme harassé après une grosse journée de travail. C'est drôle car en même temps il y avait le silence et les cris, mais comme enfouis dans du coton, comme étouffés.
J'entendais au loin. Je ne voulais pas fermer les yeux, pourtant ils l'étaient déjà, c'est plutôt ma conscience que je ne voulais pas fermer.
Je t'explique cela maintenant, mais au moment de l'accident, je le traversais sans comprendre, sans analyser quoi que ce soit...
Je me retenais de dormir pour ne pas risquer de ne plus revenir et en même temps une lumière se faisait de plus en plus insistante et venait à moi ou j'allais à elle... Je ne sais plus... Je ne la voyais pas tout le

temps. Soit je la voyais et j'étais bien, soit je m'empêchais de dormir et alors revenait ce brouhaha.

Pendant combien de temps tout cela ?

Combien de temps cela a duré ? Je ne sais pas. Et puis La Lumière a été forte, très forte, très chaude et là j'ai vu mon père. Oh, je ne comprenais plus rien.

Moi non plus, je n'ai plus rien compris, sauf peut-être que je ne te reverrais plus !

Mon père était là, parti depuis si longtemps et pourtant devant moi. Il me souriait et me tendait les bras. Je voulais résister, tout en étant heureux de le voir. Je ne pouvais plus rien faire. Il était là avec un autre…

Qui était cet être ?

Aujourd'hui je sais : c'était mon Guide.
Ils étaient venus près de moi pour m'aider à regarder l'insoutenable, à comprendre, surtout à accepter ce qui venait de se passer et qui m'enlevait à vous à jamais. À jamais de la façon terrestre bien sûr. Mais je n'en étais pas à cette réflexion-là. Je ne comprenais pas pourquoi maintenant je ne ressentais plus rien, ce que faisait mon père à côté de moi.
Pourquoi cet homme en uniforme se penchait-il vers moi et me tirait-il de la voiture, avec un hochement de la tête ? Où étais-je ? Qu'est-ce qui se passait ? Je lui disais merci de m'aider à sortir mais il faisait semblant de ne pas m'entendre. Pourquoi ? Il avait l'air si gentil.

L'homme en uniforme dont tu parles, c'était un pompier. Maman me l'a dit.

La voiture, oh la voiture ! Qu'allait dire le patron ? Elle était cassée,

écrasée, enfoncée. Tous les gens criaient, pourquoi ? Je sentais que l'on me tirait d'un amas de tôle, que l'on me sortait de mon siège où j'étais bloqué et cela sans douleur. Je lui disais merci car je ne souffrais pas. Il ne comprenait pas.
Cet homme, Mon Guide, près de moi, si doux me disait : "Tout va bien. Tu ne dois pas avoir peur, tout est fini de l'autre côté."
Mais quel côté, de quoi me parlait-il ? Je ne m'inquiétais pas. J'étais bien.
Puis je me retrouvais à la maison, avec ta mère, j'essayais de lui parler fort, mais elle se plaignait de la tête. J'étais avec elle à la cave, la chienne criait elle aussi.

Je me souviens de ce moment comme si je l'avais vécu hier. Après déjeuner, Maman était descendue à la buanderie pour laver du linge. Notre chienne Dixa l'avait suivie comme à son habitude. Quelques minutes après, j'ai entendu la chienne hurler à la mort. Deux fois de suite. Puis les pas de maman ont résonné dans l'escalier. Arrivée dans la cuisine, elle s'est plainte de maux de tête violents. Dixa pleurait maintenant !

Pourquoi tout le monde se comportait-il si étrangement ? Je remontais avec ta mère et je te voyais, tu étais près d'elle dans la cuisine, mais je devais m'occuper de la voiture et je me sentais porté sur quelque chose. Il fallait que j'aille voir.
Le Guide était maintenant seul, sans mon père. C'est drôle, je me voyais allongé sur une toile transportée par des pompiers vers un camion. C'était moi sur la civière et en même temps j'étais debout près de cet homme, ce Guide qui me disait que c'était fini. Mais fini quoi ? L'accident ? je le savais bien. Je n'étais plus dans la voiture mais sur ce brancard, avec des gens autour. Alors pourquoi fini ?
Fatigué, je voulais rentrer à la maison. Je ne savais plus où j'étais, ce qui se passait. Il montait en moi une terrible angoisse qui me paniquait.
Que venais-je d'entendre ? Non, c'était une erreur, ces mots-là ne me concernaient pas. Impossible. Un pompier disait que l'homme sur la

civière était mort. Mais l'homme c'était moi ! Je ne voulais pas. Il fallait que je rentre. Ta mère allait s'inquiéter. Et ce Guide, calme, disait que ce n'était rien, que tout allait bien, qu'il fallait que je le suive. Le suivre, mais où ?

Mon père était revenu et d'autres visages familiers de mon enfance qui pourtant, je le comprenais maintenant, étaient morts. Ils étaient tous si gentils avec moi ! Je ne les voyais pas parler, mais je les entendais parfaitement dans ma tête.
Ils me disaient que je venais de les rejoindre, que je n'étais plus du même monde, que je commençais ma nouvelle vie. Mais quelle vie ? Sans ta mère, sans vous, mais pourquoi ? Ils m'expliquaient tous que je ne pourrais plus vous serrer dans mes bras. Je vous verrais, mais pas vous. Je vous parlerais, mais en vain. Pas si sûr me disaient-ils ! Pas si sûr, ça voulait dire quoi ? Je pourrais parler ou pas ?
Ces personnes, je les aimais bien, j'étais content de les revoir, mais ma femme, mes filles, ma vie ? Fini, c'était fini me disaient-ils ! Comment, pourquoi ? Je m'agitais dans mon âme car je refusais la vérité. Alors le Guide est revenu seul. Lui, m'apaisait, me tranquillisait. Il m'a expliqué que le passage entre ma vie terrestre et celle-ci était si mince que je devais admettre être passé ailleurs d'où je ne pourrais plus revenir. Je venais d'avoir un accident de voiture qui m'avait ôté la vie terrestre. Ôter la vie terrestre. Cette phrase résonnait dans ma tête. J'étais mort, mort.

Tu n'as plus de papa ! Il était environ dix-huit heures, lorsque deux gendarmes très doux, étaient venus annoncer à Maman le terrible accident et le drame qui avait suivi. En début d'après-midi, j'avais ressenti maman inquiète de ton retard, guettant ton arrivée derrière le carreau de la fenêtre de la cuisine. Elle se doutait qu'un problème était survenu. Elle n'avait aucune nouvelle depuis ton appel de la fin de matinée. Silence, angoisse. Puis mes grands-parents étaient arrivés. Vers dix-huit heures, maman avait vu deux gendarmes pénétrer chez le garagiste, en face de chez nous. La patronne était venue sonner, demandant à parler à ma grand-mère, qui était descendue jusqu'à

la porte du jardin. Je l'avais vu remonter les marches du perron en pleurant, escortée de deux gendarmes. Je suivais la scène de la fenêtre de la cuisine à côté de maman. J'avais mal au ventre, j'avais peur. Maman disait: je suis sûre qu'il est arrivé quelque chose à ton père. Où étais-tu papa?
Puis les gendarmes étaient entrés dans le couloir de notre maison. Discrètement, ils avaient annoncé le décès de mon père à ma mère, effondrée.
Et là, mon grand-père, d'une "psychologie rare" avait cru bon de me dire ces paroles brutales, cruelles et froides: « Tu n'as plus de papa. Il est mort. » Le choc fut d'une violence inouïe pour moi. Ma grand-mère réprimanda son mari pour son manque de délicatesse. Je pleurais, je criais. Papa, papa je veux voir mon papa. Et mon grand-père d'ajouter: Mais non, ce n'est plus possible, tu n'en as plus. Comme si pour cet homme autoritaire, le moment était venu de pouvoir régner en seul maître! Puis maman, sa sœur et son mari sont partis te voir à l'hôpital de Chartres. Tu vois papa, je n'ai rien oublié.

Toujours avec le Guide, je me retrouvais sous une lumière bleue, mon corps allongé sur une table. Et là je l'ai vu. Ta mère est entrée dans la pièce. Enfin elle pourrait m'expliquer. J'allais me réveiller, quel affreux cauchemar! J'étais près d'elle et nous étions penchés sur ce corps, chacun de notre côté. Ta mère pleurait. Elle ne m'entendait pas. Je lui disais que j'étais là, mais elle pleurait, ne me voyait même plus… J'étais pourtant tout près! Je voulais la prendre dans mes bras, je ne pouvais plus. C'était comme transparent. Je me retrouvais dans un couloir où je voyais ta tante et ton oncle. Lui, je l'aimais bien comme mon frère! J'allais lui parler… Mais non. Il ne m'entendait pas. Le seul qui m'entendait et me parlait, était ce Guide. Il me répétait la même chose. Tu es mort. Tu n'es plus de leur monde. Ils ne peuvent plus t'entendre. Pourtant j'étais attiré vers eux. Je ne voulais pas les quitter. Ta mère avait tant de peine et je ne pouvais rien faire! J'étais si triste. Je faisais des allers-retours entre cet endroit et celui où se trouvaient les gens retrouvés. Là je me sentais mieux mais perdu. Où devais-je aller? Je voulais retrouver ma

famille et on me disait que je ne pouvais plus. Il fallait m'aider. Cela ne pouvait pas être la vérité.
C'est dur pour toi et pour moi de nous replonger là-dedans. Nous continuerons une autre fois.

Bonsoir ma fille chérie.

11 août 2006

Il faut que nous terminions le récit de mon départ pour que tu continues à écrire ton livre. Je sais ce retour du passé difficile à revivre pour toi, mais il t'apportera un éclaircissement sur les différents départs.

Tu veux dire que chaque départ – nommons-le ainsi, puisque la mort ne veut rien dire – est vécu différemment suivant l'âge de la personne et la cause de son décès ?

Oui, toute âme qui s'en va ne vit pas le moment de la même façon, ni avec la même intensité. Il est important que tu puisses comparer : soit un départ souhaité, attendu, à la fin d'une vie où la personne n'a plus grand intérêt à être sur terre car la vieillesse et la maladie lui sont insupportables, soit le départ brutal, inattendu, en pleine jeunesse, de quelqu'un à qui tout sourit malgré ses problèmes. Cette personne n'accepte pas de devoir s'en aller, de quitter ceux qu'elle aime et l'existence qu'elle espérait mener.

Par ces exemples, veux-tu me parler de ton cas et de celui de Denise ?

Oui, tu as raison, mais d'autres départs sont à expliquer. Je verrai si une âme peut venir te parler, celle d'un jeune qui s'en va par exemple. Dans ce cas-là, c'est lui qui doit porter à bout de bras la détresse de ses parents. Une image et pourtant ! J'aurai l'occasion de te l'expliquer une prochaine nuit. Ici, les choses sont vécues différemment. Il ne faut pas croire que dans l'au-delà chaque départ se passe de la même façon. Enfin, parlons plutôt d'arrivée chez nous.

De l'autre côté, y a-t-il des sélections ?

Non, mais chaque âme est un cas différent. Elle a son propre vécu, classé par catégorie si je puis dire. Comme des groupes d'âmes d'arrivée si tu préfères. Ceux qui partent âgés, ceux dont le parcours est moyen : accident, arrêt cardiaque ou longue maladie, enfin les jeunes entre 20 et 40 ans. Et les tout-petits. Chaque arrivée est traitée par le Guide, suivant son cas. Je te parle de l'âme qui vient de passer, imprégnée de son vécu terrestre et non de celle qui retrouve, peu après, ses compréhensions spirituelles. Le temps de l'adaptation, le temps de repos sont vécus comme chez vous. Chaque être est encore empreint de la terre, raisonne et comprend comme ici-bas.

Est-ce un proche, disparu avant nous, qui nous aide ?

Non, c'est notre Guide, car il sait. Voilà pourquoi chaque départ est traité comme nous l'avons vu plus haut. Il ne s'agit pas de croire que chaque âme comprend tout de suite, que tel était son choix avant de venir et que son parcours était inscrit ainsi. Pas si simple ! Il est intéressant que tu aies un exemple des différents passages.

Je veux bien. Ça m'aidera à comprendre.

Nous parlerons aussi des départs collectifs qui laissent toujours une empreinte douloureuse à l'endroit du drame.

Départs collectifs ? Qu'entends-tu par là ? Les accidents d'avion, de train, les tremblements de terre ou les raz de marée qui font tant de victimes ?

Oui, c'est terrible pour elles d'assister des années durant à des procès faits « en leur mémoire », qui les replongent dans leur départ et les font revenir sur les lieux.

Comment cela ? Lors des procès, les êtres partis se sentent appelés et reviennent à cet endroit ?

Oui, d'ailleurs certaines âmes comprennent bien vite qu'elles doivent se dégager et s'en éloigner rapidement. D'autres, plus en difficulté, vont rester sur les lieux pendant un temps infini, revivre ce moment où elles ont basculé.

Un temps infini ? Façon de parler pour que je comprenne en termes terrestres, je sais. Les âmes peuvent donc rester sur les lieux de l'accident parce que les journaux ou leur famille parlent du drame ? Et participer au procès ?

Oui, la justice sur terre veut des causes à tous les accidents, mais pense-t-on à ce que l'entité doit subir ? Elle revient sans cesse sur ce qu'elle a vécu. Combien le font pour l'entité ? Je te parais dur, n'est-ce pas ?

Oui, un peu.

Est-ce par respect pour l'entité ? Ne le font-ils pas pour eux ? Pour alimenter le chagrin d'avoir perdu un être cher ? Pour éviter de se battre et de ce fait ne pas repartir dans la vie ? N'est-ce pas avant tout pour l'argent ? Oui, disons-le…

Mais ils ne peuvent pas tout accepter sans se battre !

Sans doute, mais ils vont détruire la vie de plusieurs personnes en les traînant au tribunal au nom de la justice. En faisant cela, est-ce pour les victimes ou pour ce qui va leur être attribué en dédommagement ? Il serait important de comprendre que, à son arrivée dans notre monde, une âme souffre de revivre continuellement son départ.

Veux-tu dire que chaque fois que nous reparlons d'un accident collectif, nous ramenons les âmes à nous ?

Bien sûr ! Lorsque nous assistons à vos dates anniversaires où vous ressassez des jours entiers – les journalistes surtout -, l'événement et son horreur, sachez que chaque âme concernée le revit pleinement.

Elle est ramenée au cauchemar de l'instant, à sa souffrance, à son désarroi, à son incroyable vérité d'être passée de l'autre côté. Pourquoi, sinon pour faire de l'audience et vendre du papier ? Ces journalistes se donnent bonne conscience invoquant le devoir de mémoire !

Tu me laisses perplexe ! Je n'y avais jamais pensé !

Eh oui ! Mais revenons à mon départ.

Je me souviens de cette horrible soirée. Maman était partie à la morgue de l'hôpital de Chartres pour te voir et je suis restée à la maison avec mes grands-parents.

Je naviguais, j'étais à la fois à l'hôpital avec ta mère, chez nous, avec vous et puis auprès de mon Guide qui s'efforçait de me donner des explications. J'étais révolté, ou plutôt je ne voulais pas comprendre que je ne pourrais plus vous revoir. Ta mère, ses pleurs, toi ma fille et tes mots, ta sœur et ses pensées. Je revoyais la veille au soir : tout allait bien mais je redoutais, et à juste titre, le lendemain...

Oui, comme tu dis, à juste titre ! Tu avais senti que ce lendemain serait catastrophique. Mais, tu étais loin de te douter à quel point il allait devenir le jour le plus noir de mon enfance !

Je me voyais dans notre maison. Je ne voulais pas entendre que plus jamais je n'y reviendrais. Plus jamais ? Pourquoi, mais pourquoi moi ? Pourquoi nous ? Je tenais à ma vie ! Je ne voulais pas qu'elle cesse. Mon Guide me disait qu'elle continuait mais autrement. Autrement ? Où ? Avec qui ? Sans vous ? Tout seul ?

Tu avais peur ?

Bien sûr. Je voyais mon père et les morts que j'avais connus. Ma mère aussi, en pleurs, ma sœur, ma femme et mes filles. Toutes dans le malheur et moi qui ne pouvais rien faire !!!

Tu ne comprenais pas que tu étais mort ? Durant ta vie, avais-tu déjà pensé à l'au-delà ?

Non, je ne m'étais jamais vraiment posé la question ou alors vaguement, comme tout le monde, un jour comme ça, et puis je m'étais dit j'ai le temps, on verra bien... J'ai le temps... Quelle bêtise ! On n'a jamais le temps, on ne sait rien du temps. Il faut profiter de chaque moment de la vie. Car le passage, c'est toujours l'inconnu.

Tu as raison, nous n'en prenons pas assez conscience.

Cela m'était étranger. Ce que j'aimais était sur terre. Je me sentais seul, seul et impuissant devant le chagrin que je vous causais, impuissant car je ne pouvais vous dire que j'étais là, encore près de vous.

Combien de fois, petite fille, le soir dans mon lit, me suis-je demandé si tu avais eu mal ou peur ou froid ou de la peine... Cela m'inquiétait ! Je ne savais pas encore qu'un Guide accompagnait chaque être qui s'en va.

On ne réalise pas l'importance du Guide dans ce moment-là. Il est présent, nous rassure, nous protège, nous calme, nous explique. Son rôle est fondamental. Il est là tout au long de notre vie terrestre. Au moment du départ, quand nous franchissons la barrière du non-retour, son rôle est capital. Sans lui nous serions désemparés ! Avec lui les choses sont plus douces. Et là, commence la réalité.

Quelle réalité ?

Je voyais bien que plus rien n'était possible. Ma mère était dans une peine insupportable. Je me partageais entre vous tous. Comment dire ? Partager n'est pas le bon mot car j'avais la possibilité soit de tout voir en même temps, soit de tout voir séparé.

C'est compliqué pour nous !

Oui, ce que l'on vit de l'autre côté fait partie des difficultés que l'on doit vous expliquer. Je vous voyais, j'étais auprès de vous.

Comme un grand panorama ? Pendant combien de temps ?

Je ne sais pas. Très vite une fatigue terrible s'emparait de moi. Non à cause de mes blessures inexistantes en apparence, mais toutes en profondeur et qui ne m'atteignaient plus… une fatigue d'énergie plutôt…

Une fatigue d'énergie ? N'ayant plus de vie dans ton corps terrestre, tu devais donc te recharger en énergie avec les vibrations de l'au-delà ?

Oui, et très vite je revenais auprès de mon Guide.

Comment savais-tu que c'était un Guide ?

Je ne le nommais pas ainsi au début. C'est lui qui s'est présenté à moi.

D'accord.

Là, je reprenais des forces, pour retourner auprès de vous si je puis dire. Le passage à l'église, le jour de mon inhumation a été un moment très douloureux. Je voyais votre peine et ce curé qui ne comprenait rien.

Je vois ce que tu veux dire. J'étais au premier rang à côté de maman. Je ne pouvais pas m'arrêter de pleurer, et lui, agacé, me regardait avec des yeux noirs et poussait des soupirs d'exaspération.

Cette rupture définitive avec la terre que vous appelez l'enterrement est difficile pour tout le monde.
On comprend alors que tout est définitivement terminé ici-bas pour nous. Nous avons encore plus besoin de notre Guide pour nous aider à accepter ce qui vient d'arriver. Car l'acceptation est très difficile quand le départ est brutal, inattendu. Ce jour des obsèques, nous le passons à vos côtés. J'étais avec toi.

Mais moi je ne te ressentais pas. J'étais perdue sans toi.

Très vite, le Guide m'a montré que je pourrais te parler, que tu aurais la capacité de m'entendre. À cause de la douleur que tu ressentais, à cause de mon départ que tu refusais, par ce chagrin que je provoquais, tu as vécu ce drame comme un abandon.

C'est juste. J'ai été en colère après toi. Pourquoi me faisais-tu ça à moi ? Je ne comprenais pas.

Oui, mais cette souffrance a éveillé ton âme à une ouverture qui allait nous permettre de communiquer. C'était comme une couleur qui se dilatait autour de toi, en toi et qui allait permettre nos échanges. Mon Guide me montrait cela. Je m'y raccrochais.

Uniquement avec moi ?

Oui et je me demandais pourquoi je ne pouvais pas communiquer avec tout le monde. Mais c'était ainsi. Cependant, je suis allé auprès de ta mère et je sais qu'elle m'a ressenti plusieurs fois.

Tu étais donc avec nous, chez nous, chez toi.

Oui, dans cette maison. J'avais besoin d'y retourner, besoin de vous voir vivre, besoin de vous entendre. J'aurais tant voulu répondre à vos angoisses, à vos questions, vous dire que j'étais là. Difficile pour moi autant que pour vous, l'absence…

À bientôt ma fille.

12 août 2006

Je ne comprends pas quelque chose. Vous dites, qu'arrivés dans votre monde on évolue, on s'éloigne de la terre au fur et à mesure. Alors pourquoi une commémoration de départ est-elle si difficile à vivre pour vous si vous êtes dégagés ?

Je comprends ta question. Je vais essayer d'y répondre. Vois-tu, après quelques mois passés de l'autre côté, c'est un fait, nous commençons à nous dégager de l'empreinte terrestre pour évoluer dans notre nouveau monde. Chacun le fait à son rythme. Pour certains, ils préfèrent attendre leur conjoint et rester dans une transparence de vie.

Qu'est-ce que tu entends par transparence de vie ? La personne ne veut pas comprendre qu'elle est morte et reste près de la terre ?

Oui, l'évolution n'a pas sa place, c'est trop tôt. Certains ne se sont jamais intéressés à l'au-delà. Un apprentissage total et une formation sont faits par leur Guide pour qu'ils comprennent tout ce qui leur arrive. D'autres, qui avaient quelques notions de cet au-delà continuent l'évolution en prenant conscience plus vite de ce qu'a été leur vie terrestre, de ce qu'ils en ont tiré, de ce qu'ils ont compris et de ce vers quoi ils veulent aller.

Et donc, chacun a le choix ?

Oui. La vie terrestre n'est qu'une succession de choix, mais ici aussi, rien ne nous est imposé. Nous choisissons notre rythme, notre évolution, notre vie future dans ce monde où nous sommes. On nous aide à comprendre vers quoi nous pouvons aller mais ensuite chacun choisit le rythme avec lequel il veut y aller ou s'il choisit de reprendre des « leçons » de vie, de retourner en apprentissage.

C'est quoi les leçons de vie, le retour en apprentissage ?

Là, nous entrons dans un domaine où je ne peux pas t'emmener avec moi car ta conscience terrestre ne pourrait pas comprendre ce que nous entendons par là. Ne m'en veux pas, je ne peux répondre à tout.

Tu me confirmes que nous les humains, n'avons pas accès à tous les mystères de l'univers.

Oui et pour en revenir à ce que je te disais, tu vois que beaucoup d'éventualités se posent à nous. Tu sais que petit à petit l'évolution nous éloigne de la terre et nous permet de vivre, dégagés des ressentis que nous avions. Il est vrai que ceux qui restent près des leurs et choisissent de les attendre sont eux aussi dégagés. Mais comprends qu'ici chaque appel de votre part ne reste pas sans réponse et que lorsque vous faites ces célébrations en concordance avec un accident d'avion par exemple, chaque âme qui était dans cet avion se sent appelée. C'est comme un fil, l'Amour. Il nous relie entre nous et cela pour l'éternité si nous le souhaitons bien sûr.

C'est pour cela que vous ressentez notre appel lors des commémorations d'accident de groupe de personnes ?

Oui, lors d'une commémoration, les âmes sont comme aspirées à revenir sur les lieux et à revivre avec vous ce qui s'est passé. La différence c'est que vous, vous supposez ce qui est arrivé et combien cela a dû être pénible, alors que l'âme revit pleinement l'horreur de la situation puisqu'elle est pour quelques éclairs de seconde, projetée de nouveau dans l'accident. Elle en ressort vidée d'énergie et troublée d'avoir revécu cela pour rien.

Le Guide s'occupe d'elle ?

Bien sûr, immédiatement elle sera remise en énergie et repartira vers sa nouvelle vie mais crois-tu vraiment que cela soit agréable de voir

à chaque anniversaire sa famille pleurer et revivre ces instants dramatiques ?
La mémoire est dans le cœur, il n'y a pas besoin de revenir sur le lieu d'un drame pour se souvenir. C'est tout ce qui a été vécu durant la vie de l'entité qu'il est important de se rappeler, pas le moment du départ si cruel pour les siens.

Tu veux dire qu'il faut se souvenir des bons moments de la vie terrestre de la personne décédée. Je comprends, mais c'est aussi humain de se rappeler le drame de l'accident. Dans ces moments-là, reviennent souvent les questions stupides, je te l'accorde, mais inévitables : pourquoi a-t-il fallu qu'il se trouve là, a-t-il souffert, comment cela s'est-il réellement passé ? Et tous les ans à la même date, les questions se reposent pour les proches du disparu, non ?

Oui, c'est comme si tous les ans de votre temps terrestre, vous fêtiez l'anniversaire d'un événement affreux que vous avez vécu dans l'enfance. Combien tiendraient à ce petit jeu : revenir sans cesse sur ce qui a été si douloureux ! Il existe maintenant des hommes et des femmes sur terre que l'on appelle des « psys » qui s'occupent de faire sortir la douleur de la mémoire de l'homme. Vous agissez en totale contradiction en imposant à l'entité et à vous-même d'ailleurs, de ne surtout jamais oublier ce moment si affreux. Pourquoi ? Quand l'être humain aura compris que la mort n'est qu'un passage d'un état à un autre, tout ceci s'arrêtera. Quand il aura compris, que devant lui s'ouvre une nouvelle vie, avec un champ de conscience multiplié par l'infini et dégagé de tout ce qui était si lourd sur terre, alors il ne fera plus ce genre d'erreur.

Continuons dans les exemples. L'hiver, les médias vont annoncer comme une catastrophe la mort d'un mendiant que maintenant vous appelez SDF. Est-ce bien là une catastrophe ?

C'est terrible de partir ainsi, délaissé de tous, dans le froid et la faim.

Alors que l'on vient de le dégager de cet affreux parcours terrestre? Il a été rejeté par tout le monde et s'est quelquefois lui-même écarté des autres car il était trop différent et ne voulait pas se fondre dans la masse. Mais le plus souvent, cela a commencé par une infime difficulté qui a fini par grandir et l'a fait glisser petit à petit vers une précarité dont il n'a pu se relever. Combien d'entre vous tendent la main avant que cette précarité-là n'arrive? Combien essayent de ne pas laisser tomber le clochard? Je ne fais pas de morale, j'ai été exactement pareil de mon temps terrestre. Bien souvent, dans la propre famille du SDF, on ne lève pas le petit doigt et l'homme ou la femme par fierté ou par pudeur, ne veulent rien demander, s'isolent et puis tombent dans cette déchéance. Alors, quand arrive l'ultime moment où enfin ils sont délivrés de leur souffrance, comme en hiver où ils ont faim, mais surtout très froid, ce n'est plus là qu'il faut les plaindre mais plutôt se réjouir car enfin leur cauchemar se termine et ils quittent cette enveloppe qui les a tant fait souffrir. C'est avant qu'il fallait être attentif. Encore une fois ceci n'est pas un jugement, c'est pour t'expliquer que vous les humains prenez la mort comme une catastrophe, une punition, alors qu'elle vous fait passer dans un état bien plus libérateur que ne l'est celui de la terre.

Tu n'as pas répondu à ma première question à propos de la souffrance des âmes lors de la commémoration de la mort.

Oui, c'est vrai, nous nous sommes éloignés de ta question. Mais je terminerai cette explication par mon exemple: Lorsque Denise m'a soumis l'idée que je puisse t'expliquer mon départ, je savais que je devais abaisser mes vibrations pour me remettre au niveau de la terre, le temps de revivre cet accident et de pouvoir te l'expliquer. Rappelle-toi comme le premier message concernant cela a été difficile pour nous deux, n'est-ce pas? Nous avons replongé l'un et l'autre dans la noirceur du moment et pourtant, en temps terrestre, combien cela peut-il faire, c'est bien loin, non?

Cela fait quarante-trois ans, quarante-trois ans!

Te rends-tu compte ? C'est plus que mon temps vécu sur terre !

Oui, c'est vrai, puisque tu es parti à trente-neuf ans.

As-tu une autre question ?

J'en avais une. Est-ce que je peux revenir à ton départ ? Est-ce que ta souffrance d'être séparé de nous a été très longue ? Je sais qu'il n'y a pas de temps, mais comment as-tu pu te dégager de cette peine ?

Par le temps de repos. Cela a pris une certaine durée que je ne pourrais pas définir avec précision, mais lorsque tout a été terminé, lorsque mon enveloppe a été mise en terre, le Guide m'a accompagné dans cette phase que l'on appelle le repos. C'est une période où j'ai été comme détaché de vous quelque temps pour que je ne sois pas imprégné de votre douleur et que je puisse prendre place dans ma nouvelle vie.

C'est pour cela que l'on me demande d'attendre entre six à sept mois avant d'essayer un premier contact avec une entité ? On vous place à l'écart de la souffrance des proches ?

Oui, j'ai commencé par voir le déroulement de ma vie et l'on sait tout de suite ce que l'on a pu faire ou dire qui n'a pas été bien. Pourtant je n'ai reçu aucun jugement de mon Guide, mais je me faisais mes propres commentaires et je savais très bien quand je n'avais pas été à la hauteur d'une situation, quand j'avais blessé quelqu'un, oralement, par une attitude ou par pensée. N'oublies pas qu'ici tout ne se fait que par pensée si je puis dire. Sur terre, la pensée est aussi capitale que la parole.
La difficulté dans ce moment-là est de comprendre que nous ne pouvons plus réparer le mal que nous avons fait puisque nous sommes devenus invisibles à vos yeux. Nous voyons le mal, nous le constatons, il est enregistré et nous ne pouvons plus nous faire pardonner.

C'est terrible ! Donc, chaque soir de ta vie terrestre, tu dois te demander en te couchant : Si je ne me réveillais pas demain matin sur terre, que pourrais-je regretter de n'avoir fait ou dit ?

Denise m'avait dit cela vers la fin de sa vie terrestre.

Elle avait raison. Elle avait déjà compris avant de partir. Nous passons par cette phase éprouvante, difficile, puis notre Guide nous explique différentes choses faisant partie de notre nouvelle vie et comment nous pouvons nous détacher de ce mal que nous avons fait.

Comment ?

Je rentre dans ce détail et je ne vais pas pouvoir aller plus loin. Toujours est-il qu'après ce panorama de notre vie, on nous met au repos, c'est-à-dire que nous sommes dégagés de nos vibrations terrestres pour entrer dans de nouvelles énergies qui nous permettent de prendre place complètement, totalement dans ce nouveau monde. À partir de là, chaque fois que nous redescendons vers vous, l'énergie que nous déployons est intense et bien souvent après quelques instants nous sommes vidés, fatigués et obligés de nous ressourcer dans l'énergie de l'au-delà. C'est bien ce que tu vis en tant que médium, ou intermédiaire si tu préfères. Tu te rends compte que certains contacts sont brefs, d'autres plus longs, cela dépend de l'énergie de l'entité. Il est bien certain qu'une entité qui vient de partir ne pourra pas avoir la même énergie qu'au bout d'un certain temps d'évolution.

Tu as reçu ma pensée, je trouve le terme « entité » trop dur !

Le mot « entité » te gêne, nous allons en trouver un autre plus doux. L'âme tout simplement ou l'être parti ou l'être aimé ou l'être désincarné (ceci n'est pas vraiment doux !). Le nouvel arrivant ou arrivé. Je te laisse le choix, peu importe.

C'est comme tu veux.

Donc, le repos est une reconstruction, une remise en nouvelle énergie et surtout nous sont enlevées les traces de la souffrance du temps terrestre et celle d'être séparé de ceux que nous aimons. Il est difficile de s'y replonger après! Nous comprenons bien vite que nous pouvons vous voir, capter vos pensées, être près de vous et même arriver à communiquer avec certains. Durant le temps de repos, nous ne le faisons pas ou peu. Nous le pourrions, mais il faut aussi que l'être humain ne soit pas égoïste et comprenne que nous devons nous recharger d'abord en énergie pour pouvoir être près de vous, vous contacter.
Nous comprenons aussi durant ce temps de repos que nous reverrons ceux que nous aimons près de nous à la fin de leur temps terrestre qui ne paraît plus long de ce côté-ci. C'est fou comme cette notion de temps empoisonne la vie des êtres humains, alors qu'ici c'est léger! C'est comme si une vie terrestre était un éclair, une étoile filante, une expérience rapide pour nous parfaire. Cette douleur de l'absence que vous éprouvez nous est étrangère. Durant le temps de repos, nous le comprenons et participons à cette nouvelle vie. Pour ma part, il a été nécessaire de m'enlever les marques inscrites de mon accident.

À bientôt ma fille.

13 août 2006

Si je comprends bien, vous ne souffrez pas de l'absence de vos proches, c'est bien ça? Et comment prenez-vous votre place, ou plutôt comment choisissez-vous ce que vous allez faire dans l'au-delà, car d'après vos messages, vous n'êtes pas inactifs?

Tu as raison ma fille. Le manque de vous ne m'a pas fait souffrir puisque je pouvais vous voir comme je le désirais. Ce qui m'a dérangé, juste après mon arrivée, durant mon temps de repos, c'est de ne pouvoir ni vous parler, ni répondre à vos peurs, à vos angoisses, à votre chagrin.

De quelle peur parles-tu?

Te souviens-tu, tu croyais que j'avais froid parce que j'étais dans la terre. Avais-je une couverture? La pluie ne me mouillerait-elle pas quand même? Oui, bien que tu m'entendes, ces angoisses étaient dans ta tête de petite fille.

T'entendre était une évidence. Tu ne pouvais m'avoir laissée sans un signe de toi. Pour moi, quiconque pouvait t'entendre! Mon inquiétude te concernait: où étais-tu? Comment vivais-tu? Nul ne pouvait me l'expliquer. Les phrases convenues telles que: « ton papa est au ciel, il ne reviendra plus », m'exaspéraient. Je voulais en savoir davantage sur toi, sur ta vie loin de moi, Je n'admettais pas que ce départ soit définitif. Je te voulais toujours vivant comme sur terre, d'où mon inquiétude de te savoir dehors par tous les temps! C'est bête non!

C'était normal, pour une enfant de ton âge! Ce qui me manquait c'était de ne pouvoir vous réconforter, vous prendre dans mes bras, alors j'essayais autrement. Je voulais vous parler, vous donner mon amour à notre façon.

Explique-moi.

Ici, nous captons chacune de vos pensées. Pour y répondre, nous vous en adressons une. C'est la médiumnité, tu le sais bien, et je l'ai fait avec toi. J'ai essayé avec les autres membres de la famille. Ici, l'évidence s'installe vite car nous comprenons où nous nous trouvons grâce à un autre champ de conscience. S'ouvrent alors de multiples possibilités. Le laps de temps – si je peux m'exprimer ainsi – pour ouvrir notre conscience à ce nouveau monde n'est pas le même pour toutes les âmes. Certaines préfèrent garder la compréhension terrestre, avant de revêtir les énergies de ce nouveau monde. Pour ma part, la révolte et la tristesse passées, après avoir réalisé que plus rien ne sera jamais pareil, j'ai, sur les conseils et l'aide de mon Guide, accepté de revêtir ces nouvelles vibrations. Ainsi j'ai compris qu'en entrant dans la lumière et en évoluant, je serai toujours près de vous, je pourrai plus aisément vous envoyer mon énergie tout en continuant mon évolution.

Qu'est-ce qu'évoluer de l'autre côté ?

Mais la même chose que sur terre. Tu as deux choix possibles :
Soit tu ne restes pas sur tes premiers acquis, tu cherches un but à ta vie, ce que tu ne comprends pas dans les problèmes rencontrés, ce que tu peux améliorer, comment t'instruire davantage en t'intéressant à toute forme de culture, à tous les peuples, à tous les pays et te questionnant sur ce que ton âme est venue faire ici-bas. En te posant ces questions, tu évolues.

Soit tu vas préférer une vie plate, ne chercher aucune solution à tes problèmes, vivre dans le quotidien, la routine, ne pas t'intéresser au reste du monde et ainsi traverser ta vie. Tu auras des soucis dont tu ne chercheras pas les causes. Prends l'exemple d'un homme qui se marie. Il trouvera un travail, aura des enfants qui grandiront puis il continuera à ce même travail jusqu'à sa retraite.

Là, dans un fauteuil, il attendra que la fin arrive. J'exagère, mais pour certains, c'est ça la vie : ne pas faire de bruit, ne pas se poser de questions, ne pas se remettre en cause, surtout ne rien compliquer ! Ne les jugeons pas. C'est leur choix, ils préfèrent avancer à leur rythme.
D'autres, au contraire, vont chercher à découvrir de nouvelles choses, à comprendre le cheminement de leur vie. Ils vont se tourner vers les autres, chercher un sens à leur existence. C'est le processus de l'évolution. Quand un être prend ce chemin, il n'en sort plus car une question en amène une autre. Ainsi il avance, jusqu'au jour où il nous rejoint. Toujours, après l'acquis, il faut franchir une nouvelle montagne pour trouver de l'autre côté la compréhension qui faisait défaut. Tout évolue. Le monde, l'humanité, l'univers, sont en mouvement perpétuel. La différence entre vous et nous, c'est la conscience et le temps.

De l'autre côté, les âmes choisissent donc leur rythme d'évolution ?

Oui, dans l'au-delà comme chez vous, certaines préfèrent rester près de la terre pour garder leurs acquis et vivre encore avec, en étant dans l'illusion puisqu'elles n'appartiennent plus à ce monde… Elles ne se sentent pas toujours très bien, cherchent la Lumière qui leur permettra de sauter la barrière mais en même temps peinent à franchir ce cap car elles seront obligées de passer par une remise en question lors du temps de repos. Pas encore prêtes à regarder leur vie en face, elles préfèrent rester dans les vibrations terrestres familières. Elles n'acceptent pas de quitter leur quotidien terrestre, leur routine si tu préfères. Elles continuent, comment dites-vous, leur petit bonhomme de chemin, finissent par entrer dans la lumière et avancent sans se poser trop de questions. Leur choix est à respecter. Par contre, d'autres âmes sont décidées – au sortir du temps de repos, car là le choix se fait – d'aller de l'avant pour accéder à d'autres compréhensions – que vous appelez plan je crois – oh pas toutes les compréhensions, mais d'autres plus complètes que celles de leur arrivée et ainsi de suite.

Elles prennent place dans « l'évolution céleste » et gravissent peu à peu différentes sphères, toujours dans cette lumière.

Qu'est-ce qu'entrer dans la Lumière ?

C'est comprendre et accepter que nous sommes guidés par une force, une énergie suprême. Chacun lui donne le nom qu'il désire. Pour ma part, je l'appellerai « Dieu ». Si l'on se rapproche de cette lumière, si l'on y entre, l'on accède à la compréhension du pourquoi de notre vie sur terre et de l'humanité. Par cette évolution, nous y avons tous un accès possible et merveilleux. On sait alors que tout, absolument tout sur terre ou dans l'au-delà ne dépend que d'une seule force : l'Amour. Le jour où les êtres entendront cela, ils auront acquis la richesse de l'âme et du cœur. Entrer dans la Lumière de Dieu, c'est donc comprendre que chaque acte de notre vie aurait dû être fait par amour. Ici nous pouvons avancer dans cette énergie d'Amour pour enfin réaliser le vrai sens de notre parcours divin.

En t'écoutant, ça semble facile, mais au quotidien, et malgré toutes nos bonnes résolutions, nous ne faisons pas toujours tout par amour. Et dans ton monde ?

C'est pareil. Pareil et différent. Pareil parce qu'au sortir de notre temps de repos, nous portons encore l'empreinte de notre vie terrestre sur notre caractère. Nos réactions peuvent être similaires, ou différentes car notre conscience peut, si nous le désirons, nous aider à voir plus loin, aidés par notre Guide. Là aussi Il joue un rôle considérable, car Il ne nous impose rien, mais nous oriente vers ce que nous pouvons atteindre grâce au niveau d'évolution acquis sur terre. Après le temps de repos, chacun accède à un champ de conscience différent suivant ce qu'il a été. Comme sur terre. Tu ne soumets pas à un enfant du cours préparatoire un problème de calcul d'un élève du cours moyen. Donner un champ de conscience trop important à une âme fermée durant son temps terrestre serait inutile car elle ne sau-

rait comment s'y prendre pour utiliser les différentes potentialités de ce champ de conscience. Donc, chacun accède à sa compréhension personnelle si je puis dire et avance, évolue pour atteindre un autre degré de conscience et ainsi de suite. Nous sommes toujours aidés par notre Guide qui, au fur et à mesure, nous entrouvre la porte, nous élargit le chemin et nous montre les possibilités offertes.

Essaie-t-il de nous orienter vers ces possibilités lorsque nous sommes sur terre ?

Oui, votre Guide est déjà là. C'est votre « petite voix », que vous n'écoutez pas souvent car vous êtes trop dans le rationnel... Ici, dégagés des contingences terrestres, nous sommes à l'écoute de notre Guide comme nous le souhaitons. Pour répondre à ta première question sur le choix de notre mission, c'est là que nous pouvons opter pour ce que nous voulons faire de notre nouvelle vie, quelle « activité », nous conviendrait suivant notre cheminement. Je t'en parle maintenant, mais au début de mon éternité, cela n'était pas aussi simple. Je désirais d'évoluer aux côtés de mon Guide pour être utile aux hommes sur terre. J'ignore pourquoi. C'était ainsi. Peut-être parce que j'en étais parti trop tôt. Oui, aider les hommes... À quoi, je ne savais pas. Mon Guide m'a orienté, guidé vers une possibilité plus facile. Au début, il fallait trouver comment faire. Là aussi, l'évolution terrestre nous facilite l'accès pour après. Prends l'exemple de Denise. À peine arrivée ici, après son bref temps de repos, elle savait qu'elle désirait enseigner aux humains, expliquer ce qu'est notre monde et l'évolution à débuter sur terre. Une certitude pour elle. Tu vois bien que la distinction se fait déjà chez vous. J'insiste pour dire à quel point l'évolution spirituelle terrestre est importante car elle permet d'avancer et de comprendre plus vite, notre place dans l'au-delà.

Veux-tu bien me dire ce que tu fais depuis quarante-trois ans ?

Quarante-trois ans ou deux jours cela revient au même pour moi. Le temps est une notion que je n'ai plus. Ici, il n'existe pas, ce qui nous empêche de souffrir de la séparation. Très vite, nous comprenons que ce qui paraît si long sur terre est pour nous un parcours d'étoile filante. Tout va si vite ! Comment dire ? Le temps terrestre, c'est comme un film au ralenti. Des personnes disent, avec colère, que l'être aimé les ignore parce qu'il ne se manifeste pas selon leurs demandes… Elles n'ont pas compris que le temps n'existe plus là où se trouve leur proche. L'âme ne peut ressentir ce manque, cette absence.

Pour répondre à ta question, ce que je fais, tu le sais, puisque je le fais avec toi. Je t'assiste dans tes contacts, je t'oriente, je t'aide à traverser tes épreuves. J'ai choisi ceci pour toi et pour d'autres car il m'est possible, d'après mon champ de conscience, de soutenir plusieurs humains en même temps. Ô merveille ! Donner de l'amour à tous et non à un seul ! L'unique n'existe pas lorsque l'on parle d'amour. Il faut employer ce mot au sens large et il devient vibratoire dès que l'on en comprend le sens. J'aide comme je le peux les êtres dont je suis l'accompagnateur à se diriger au mieux. Avec toi, c'est différent puisque tu es ma fille. Même si chez vous cette notion de parenté n'est pas la même, il reste l'amour qui nous relie hors de cette notion de père-fille. Je sais aussi combien c'est important pour toi. Et même si l'amour est le lien entre ceux qui le désirent, je sais encore que tu es ma petite fille. Avec toi, c'est un échange perpétuel qui dure depuis notre séparation physique puisque très vite et sans difficulté aucune, tu m'as entendu. Nous avons donc fait ce chemin ensemble.

Voilà mon action et mon but aujourd'hui. Toi et d'autres à aider, à conseiller, à orienter pour élargir la spiritualité sur terre. D'autres s'occupent des âmes arrivées.

C'est bien pour aujourd'hui ma fille.

14 août 2006

Comment vois-tu ton accident? Ton départ, comment le comprends-tu? Ce chauffeur de taxi cause de l'accident avait, au moment du drame, quatre-vingts ans. Il doit faire partie de votre monde maintenant.

C'est bien que tu poses cette question. Ma réponse va te permettre de comprendre comment, avec l'évolution, tout devient différent. J'ai revu ce monsieur et j'ai su que c'était lui au moment de son arrivée parmi nous. Lors de mon accident, je n'étais pas en mesure de le voir, j'entendais des voix, principalement féminines.

Oui papa, j'ai consulté le rapport de gendarmerie qui mentionnait que des femmes se trouvaient dans le taxi. Deux ont été légèrement blessées. La troisième, une jeune fille de treize ans, a été transportée à l'hôpital dans un état grave, mais sans que ses jours soient en danger. Dans ce rapport de plusieurs pages, j'ai lu que ce chauffeur de quatre-vingts ans venait de perdre sa femme, une semaine avant l'accident. C'était sa dernière course: il a voulu faire plaisir à ses voisines et le soir même, il devait prendre sa retraite…

Oui, je l'ai su plus tard, durant mon temps de repos… Je te disais donc que j'entendais des voix. Ensuite, les secours sont venus me chercher. Un homme m'a dégagé de la voiture. Le chauffeur de taxi, je ne crois pas avoir prêté attention à lui à ce moment-là. C'est surtout lors de mon temps de repos que tout a commencé. J'ai revécu mon départ en premier: l'accident, les circonstances et là j'ai vu cet homme. Immédiatement j'ai ressenti son vécu de l'accident, sa culpabilité et les conséquences sur sa vie d'après.
Durant ce temps de repos, il est important de comprendre le sens des événements que nous vivons sur terre, car très vite nous prenons conscience d'être les maillons d'une chaîne, reliés les uns aux autres et dépendants les uns des autres. Pour cet homme qui a provoqué

mon départ, pour sa famille, sa fille en l'occurrence, il ne faut pas croire qu'il fut facile d'accepter d'avoir tué accidentellement un père de deux enfants. Non. Au moment de l'accident, il était en état de choc, dans le deuil du départ de sa femme survenu quelques jours auparavant, dans le remords de ce moment d'inattention, de ces quelques secondes qui ont fait basculer sa vie et la vôtre dans l'horreur.
Car il s'agit bien de cela. Dans un accident et pour quelques secondes d'étourderie – regarder un paysage en quittant la route des yeux, se baisser pour prendre un objet tombé au sol, allumer une cigarette, chercher un disque ou téléphoner en conduisant – votre vie va prendre une autre tournure, soit pour celui qui provoque l'accident, soit pour celui qui vient en face, et bien souvent pour les deux.

Nous n'y pensons pas toujours.

Je sais. Revenons à ce monsieur déjà âgé à l'époque de mon départ. Sa fin de vie est devenue un cauchemar. Car non seulement sa femme n'était plus à ses côtés, mais il a dû supporter un procès, être jugé pour avoir tué, involontairement bien sûr, le père de deux petites filles. Pendant mon temps de repos, le Guide m'a montré les difficultés qu'il a rencontrées. Il n'était pas ce que l'on nomme un chauffard! Sa fille a été bouleversée et a écrit ce courrier que le guide m'a montré sans que j'en comprenne le contenu.

En effet, cette lettre a été adressée à maman, peu de temps après ton décès. J'ai eu connaissance de cet écrit à sa mort, il y a quelques années. J'ai découvert alors le désarroi de cette femme qui expliquait sa douleur de voir son père anéanti par la catastrophe qu'il avait provoquée. Par cette lettre, elle tenait à expliquer qu'il était un homme droit, qu'il n'avait jamais eu d'accident de sa vie et qu'il ne se remettait pas de ta mort. C'était une lettre très touchante. Je ne suis pas fière des sentiments que j'ai eus à l'égard de cet homme: j'ai souhaité sa mort.

Je sais, mais tu ne peux pas culpabiliser pour cette pensée. Tu n'étais qu'une petite fille de sept ans à qui l'on venait d'arracher le papa. Tu ne voyais que cela. Il était l'homme qui m'avait fait mourir. Je sais que tu as ignoré l'existence de cette lettre, qui pourtant aurait pu te soulager un peu, et tu ne l'as découverte qu'au départ de ta maman. Alors, tu en as voulu à cet homme. C'est une réaction humaine. Son départ fut la plus belle chose qui lui soit arrivée depuis de nombreuses années, car il a enfin été libéré de ce monceau de culpabilité qu'était devenue sa vie. Alors, souhaiter sa mort c'était, sans que tu le saches consciemment, une façon de lui vouloir du bien! On ne peut pas comparer la réaction des êtres humains aux nôtres et je doute que tu puisses expliquer ce que je viens de te dire à tes proches.

Je n'essaierai même pas, sauf à mes enfants, tes deux petits-fils qui sont ouverts à cette compréhension-là. J'ai appris que cet homme était parti vous rejoindre neuf ans après ton départ. Savais-tu quand il allait mourir? L'as-tu vu lors de son arrivée dans ton monde?

Non, je ne savais pas quand son départ aurait lieu. Il ne faut pas croire qu'ici nous avons accès à la totalité des informations sur tout le monde. Oui j'ai vu ce monsieur à la fin de son parcours terrestre, à son arrivée chez nous.

Qui t'a prévenu de son arrivée?

Le Guide. Il m'a dit qu'il serait bien que nous puissions nous rencontrer. Ce que j'ai fait. En abaissant mes vibrations, j'ai pu venir jusqu'à lui dès son passage, juste avant son temps de repos, pour qu'il soit libéré. Beaucoup d'âmes ont besoin à propos de leurs actes – d'obtenir le pardon de ceux qui sont encore sur terre. Pour cet homme qui devait se dégager de sa culpabilité, j'étais dans le même monde que lui, alors je suis venu jusqu'à lui et notre rencontre a été des plus émouvantes. Nous avons pu échanger nos pensées.
Un moment fort où tout prenait sens. Il dégageait enfin son âme du

remords et moi je comprenais à quel point cette rencontre allait lui permettre de trouver la paix. Je ressentais de l'amour et de la compassion. Nous ne nous sommes plus revus depuis mais ce fut un grand moment de partage.

Si nous arrivions à ça, comme nous serions heureux !

Oui, il ne faut pas que la haine s'installe dans le cœur d'un homme. Quand l'un d'entre eux en a tué un autre, de n'importe quelle façon, il faudrait toujours se demander pourquoi. Et comment leurs âmes vont-elles réagir en se retrouvant chez nous ? Elles comprendront forcément que l'un a été l'instrument de l'autre pour accomplir l'acte de son départ. Je parle d'accident involontaire comme le mien ou celui de jeunes qui se tuent ensemble, dans le même véhicule.

Cela me fait penser à ce père venu me consulter il y a quelques années. Son fils, mineur, était monté dans la voiture de son copain, avec deux autres passagers, pour se rendre à la fête d'un village voisin. Par excès de vitesse, le conducteur a perdu le contrôle de son véhicule. L'adolescent a été tué, les trois autres jeunes s'en sont sortis sans blessure. J'étais admirative devant le courage de ce père qui, détruit par le départ de son fils, avait réussi à pardonner au conducteur inconscient, en se disant qu'il n'avait été que l'instrument de son inévitable départ. Quelle leçon d'amour ! Et pourtant, cet homme m'avait avoué n'avoir jamais cru en la survie de l'âme avant ce malheur !

Ces jeunes ne sont pas des monstres. Ils réalisent trop tard l'étendue de leur désinvolture. Bien sûr certaines âmes agissent mal et à leur arrivée ici n'entrent pas dans l'Amour. Elles restent indifférentes, mais sont peu nombreuses.

C'est lourd pour une personne d'être responsable du départ d'une autre ?

Oui, mais chaque âme qui provoque un départ a elle aussi son cheminement spirituel, celui d'accepter et ce n'est pas facile.
Pour en revenir à mon accident, il m'a permis de comprendre que mon chemin terrestre devait s'arrêter là, que ce chauffeur de taxi était l'instrument par lequel je devais partir. J'avais choisi ce départ pour aller vers l'ailleurs. Le Guide me l'a expliqué dès mon arrivée dans l'au-delà. Et Celui de cet homme le lui a montré à lui aussi.

Pourquoi choisit-on un départ aussi violent ?

Tous les départs sont violents. Crois-tu que mourir dans de grandes souffrances à cause d'une maladie qui dure depuis des mois, n'est pas violent ? Que mourir dans un accident d'avion ou de train, dans un tremblement de terre, un raz de marée, de faim, de froid ou de soif, n'est pas violent ? Même une crise cardiaque est violente. Et être assassiné alors ? Seul le départ pendant le sommeil est moins violent. Alors, tu sais mourir presque sur le coup comme moi, dans un accident, reste un départ brutal mais rapide. La violence est pour ceux qui restent. L'inattendu est violent. La maladie, on le sait ou on s'en doute. Pour la personne âgée malade, le départ fait partie du cycle de la vie. Mais l'accident est violent pour vous parce qu'inattendu, pour vous surtout, mais pour nous aussi, avant que l'on ne nous explique le pourquoi de notre départ.

Mais toi, pourquoi ?

Pourquoi moi ? Mais parce que je devais partir à ce moment-là par rapport à mon choix de vie terrestre, parce que je pouvais continuer à être utile ici et à évoluer différemment. C'est difficile à expliquer, car nous avons une grande différence dans nos champs de conscience. Je ne peux trouver les mots justes. Mais, je peux te dire que mon mal-être de la veille de mon départ, le fait que je ne veuille pas aller à Chartres ni prendre cette voiture, ce besoin d'aller vous chercher des croissants en pleine semaine, alors que je n'y allais que le dimanche, sont dus à la connaissance au plus profond de mon âme de l'imminence de mon départ. Consciemment, je ne me doutais de rien, je me sentais mal, c'est tout. Je ne voulais pas, mais que ne voulais-je pas ? Mon inconscient m'envoyait les signes précurseurs. En tant qu'être humain, je les refusais, mais pas en tant qu'âme. J'allais quitter la terre. D'où ce mal-être de mon dernier jour de vie « normale », dirons-nous, ce mercredi. Et voilà aussi pourquoi, malgré ma fatigue du soir, je t'ai écoutée me lire ta première page de lecture. Au fond de moi une petite voix me disait que ce serait la seule fois… Mais dans la réalité du moment, je n'analysais pas.

Heureusement que nous ne savons pas. Ce serait atroce !

Voilà ce que je peux dire sur cette dernière journée. C'est identique pour les êtres humains qui partent de façon accidentelle. Après leur départ, les proches se rendent compte qu'ils ont fait des choses inhabituelles comme s'ils savaient qu'ils allaient partir. Tu comprends ?

Comme une prémonition, sans doute… Mais tu es en train de me dire que la mort, le passage, c'est violent ? Je croyais que cela était facile… Je ne comprends plus.

Le passage n'est pas violent, mais ce qui le provoque juste avant. Comment dire ? Ce que vous appelez la « mort » – cette transition de l'état humain à l'état d'esprit – est une libération, un état de douceur, d'amour et de chaleur incomparables. Nous nous retrouvons dégagés de notre corps physique. Plus aucune souffrance, même pas celle de la séparation d'avec nos aimés. Notre Guide nous apaise. Je te parle d'un départ brutal. Pour ceux dus à une maladie ou à la vieillesse, l'âme est déjà préparée sur terre, et ce sans que la personne en soit consciente. Je t'assure que la transition entre les deux mondes n'est pas violente. Ce qui l'est, c'est le mode de départ que nous choisissons. Juste le moment qui précède la transition lorsque nous sommes encore sur la terre.

Tu me rassures. Pour plus de clarté, peux-tu me donner des exemples ?

Bien sûr, le mien pour commencer : Qu'est-ce qui a été violent ? Uniquement le choc de l'accident puisque lorsque l'on m'a dégagé de la voiture, je n'étais déjà plus dans mon corps. La violence, je l'ai ressentie quelques secondes avant le choc, quand j'ai vu arriver la voiture sur moi et que j'ai entendu ce bruit de tôle... L'accident a été si rapide que je n'ai pas réalisé... Voilà la seule brutalité de mon départ. Et lorsque je suis allé vers cette Lumière, c'était très doux, très apaisant. Quand j'ai compris que je ne pourrais plus revenir sur terre, j'ai été pris de panique mais sans douleur ni violence. Tu comprends ? Encore une fois, dans tous ces départs, le plus choquant sont les quelques secondes ou minutes avant le passage, et non la <u>*transition*</u>*. Insiste là-dessus dans ton ouvrage. Il faut bien comprendre la différence.*

Autre exemple. Un accident d'avion. Qu'est-ce qui est terrible pour les passagers ? Le moment où ils comprennent qu'ils vont mourir, lorsque l'avion tombe. Après le choc, lorsqu'ils quittent leur corps, la violence n'est plus. Et une personne qui ne meurt pas tout de suite, me diras-tu ? Je te répondrai : elle est dans le coma non ? Donc, elle ne souffre plus car elle est dans un état d'attente : passera-t-elle de notre côté ou continuera-t-elle sa vie terrestre ? En revanche, si elle se réveille ici-bas, oui, elle va souffrir dans son corps. Mais c'est différent, car il ne s'agit plus de « mort ». Tu vois, le passage n'est pas douloureux. Absolument pas. En revanche, pour les proches qui restent, je te le redis, c'est très choquant car inattendu.

On continuera sur ton voyage astral, mais pas maintenant, tu dois dormir ma fille...

15 août 2006

Aujourd'hui, parlons-nous de mon voyage astral ? Lorsque nous nous sommes rencontrés ?

Oui, ma fille. Tu vas comprendre comment cela s'est passé pour moi aussi, vu du monde où je me trouve, où tu as pu venir nous voir lors de ce voyage. Tout d'abord, après mon arrivée ici, au sortir du temps de repos, le Guide, mon Guide m'a annoncé que venait parmi nous une âme que je connaissais bien : ton grand-père maternel.

En effet, il est parti quelques mois après toi.

Si tu le dis. En cette saison, chez vous, les feuilles tombaient abondamment. J'ai demandé si je pouvais le voir dès sa venue et cela m'a été accordé. En fait, j'ai fait partie des âmes qui étaient à son arrivée. Il ne comprenait pas ce qui se passait, ni où il était.

Vu sa personnalité, cela ne m'étonne pas ! Là, il ne pouvait pas exiger que cela se passe comme il l'avait décidé !

Il voulait revenir dans le fauteuil où son cœur avait cessé de battre, et en même temps, il était étonné de nous voir. Nous étions cinq pour l'entourer. Difficile pour lui d'admettre ce nouveau monde, sa réalité, le fait que tout continuait ici. C'était si loin de ses certitudes terrestres…

Comme pour beaucoup de personnes !

Et peu après, mon Guide m'annonçait qu'une autre âme venait nous rejoindre. Je la connaissais également. René ton oncle.

Oui, un an après le grand-père. En deux ans et demi, il n'y avait plus aucun homme dans la famille. Deux ans et demi de noir, le noir des vêtements des femmes, le noir des tentures autour des portes de la maison, le noir dans mon cœur, le noir dans ma vie, enfin le noir du pelage de ma chienne qui elle seule, est arrivée à me redonner la joie de vivre, ma Naty !

Petite boule de poils qui te faisait tant rire. Je vous voyais, j'étais souvent près de vous et je demandais de l'énergie pour vous, car tous ces départs vous avaient choquées toi et ta sœur. René n'a pas réagi de la même façon que ton grand-père. Lassé du vécu de ses derniers jours terrestres et de ses souffrances à l'hôpital, son départ était une libération. Il savait que sa vie serait de plus en plus compliquée. En arrivant parmi nous, son bonheur de nous retrouver était si grand qu'il en restait éberlué. Et si content… Je me trouvais là bien sûr. Ce fut un beau moment. Il est vrai que nous avions des rapports fraternels sur terre. Et souvent, nous nous sommes revus tous les trois pour vous regarder. Mais nos chemins étaient si différents… Nous ne pouvions rester ensemble. Chacun devait continuer son évolution. Cela ne nous a pas empêchés de nous voir quand nous le souhaitions. Quelque temps après – je suis obligé d'employer vos termes terrestres pour que mon explication soit compréhensible -, ce fut ta grand-mère qui nous rejoignit. Ton oncle et moi sommes venus l'accueillir, et ton grand-père est allé la chercher.

Quelle est la différence entre venir chercher quelqu'un et l'accueillir ? Tu veux dire que le grand-père est venu chercher ma grand-mère à l'hôpital, qu'il s'est montré à elle durant son temps de sommeil, pour qu'elle le suive sans peur ?

Exactement. Nous, nous étions là pour l'accueillir dans l'autre monde. Quel soulagement pour elle ! Comme elle était heureuse de nous retrouver, de ne plus ressentir aucune souffrance, ni physique ni surtout morale puisque bien des peines lui ont été infligées, non ? Ne revenons pas là-dessus. Tu n'y pouvais pas grand-chose, tu étais impuissante face aux agissements de ses proches, tu as fait ce que tu as pu, mais il en était déjà décidé autrement. Je sais qu'elle a tenu à te remercier en venant souriante te dire qu'elle allait bien.

Une question. Tu dis : « Le Guide m'informe qu'une âme que je connais va arriver. » Et toi, tu ne le vois pas ? Tu ne le sais pas ?

Ce n'est pas parce que je suis ici que j'ai accès à tout ce qui se passe dans la vie de ceux qui étaient près de moi sur terre. Je peux être à leurs côtés, mais leur décision suprême de venir nous rejoindre ne m'est pas montrée avant. Sauf pour ta mère puisque le Guide m'a laissé venir la chercher. Si nous ne venons pas chercher une âme, nous ne sommes prévenus de son arrivée qu'au moment où elle vient nous rejoindre, afin de l'accueillir. Celle de ta grand-mère a recréé un équilibre familial pour ton grand-père et ton oncle. Ils se voyaient souvent. Moi j'avais choisi une autre évolution et je n'étais pratiquement jamais en leur compagnie.

Tu voulais me parler de mon voyage astral ?

Oui, j'y viens. Il était important que je te parle d'abord de ces départs, puisque ce sont eux qui ont ouvert ton canal médiumnique. Mon Guide me l'avait expliqué. Et souviens-toi. Combien de fois avons-nous conversé ? Tu captais très bien et nous pouvions dialoguer.

Je me souviens. Enfant, chaque soir avant le dîner, je m'enfermais dans ma chambre et je vous racontais ma journée, mes peurs, mes joies. Surtout à toi. Mais je n'en parlais à personne.

Il n'y avait aucun problème, tu ne te posais aucune question. Elles sont venues lorsque tu as grandi et que tu as parlé de nos échanges autour de toi. Ton parcours s'est alors avéré plus difficile et les difficultés dans ta vie ont commencé.

L'année de mes douze ans, j'ai fait ma communion solennelle. Mes amies étaient accompagnées de leurs pères. Toi, tu n'étais pas là. J'ai pleuré toutes les larmes de mon corps. Puis j'ai eu besoin de me

confier, besoin de dire combien ta présence me manquait, combien j'avais besoin de te parler chaque jour. J'ai expliqué à maman comment je t'entendais, comment tu me parlais. J'avais confiance en elle. Je pensais qu'elle me comprendrait. Sa réponse m'a glacée :
« Tu me fais peur avec tous tes trucs. Arrête ça immédiatement, c'est ton imagination, tu vas devenir folle ! »
Je me suis sentie perdue sans toi pour la deuxième fois. Si tu savais comme ça m'a fait mal !
Oh je sais! Cela a été dur pour moi de te voir souffrir durant ces années. Heureusement que deux petits chérubins, Thierry et Nicolas sont venus adoucir ta vie! Ton canal s'ouvrait de plus en plus. Nous devions, avec ton Guide – j'avais demandé à être auprès de lui et j'y suis toujours – te faire prendre conscience que tu avais la possibilité, mais aussi le devoir d'aider les autres, puisque tu pouvais nous entendre. D'ailleurs c'était ton choix de vie avant de t'incarner. Tu devais le mettre en place. Tu avais la crainte d'affronter tes proches, tes amis en leur avouant ta médiumnité. Sur terre, il est très difficile d'en parler, surtout dans certains pays. Donc, après avoir vécu les premiers signes importants de médiumnité te permettant de comprendre que tu devais maintenant aider les autres, ton Guide m'a demandé de t'aider pour que tu prennes confiance en toi en te donnant des signes qui te marqueraient.

L'au-delà devenait l'évidence envers et contre tous.

Ainsi, lors de la communion de ton Nicolas, dans le jardin, je me suis montré à ce médium ami et je t'ai envoyé la pensée de me photographier. La suite, tu la connais. Au développement de la photo, tu as vu mon visage en bas de l'arbre, visage en noir et blanc, alors que la photo est en couleur!! La joie de ton cœur m'a ravi. Tu étais comme une enfant.

Il te restait à réaliser comment nous conversions, avec toi, et entre nous ici. Pour cela, nous t'avons fait venir, et ainsi tu as compris où tu te trouvais et comment nous échangions par pensées. Dans ton enfance, cela se faisait normalement. Mais après, tu t'es maintes fois interdit d'entendre pour ne pas devenir folle !! Donc ton Guide a décidé de te faire venir parmi nous. Le moment fut intense ! Lorsque je t'ai vue dans notre monde, que ton regard a croisé le mien et que j'ai pu te serrer dans mes bras, c'était merveilleux ma fille. Je te voyais comme je le voulais, mais te serrer contre moi ! Tu étais une femme maintenant, mais tu restais ma petite fille, celle que j'avais laissée. Durant ces brefs instants, nos Guides ont recréé autour de nous l'amour d'un père et de sa fille. C'était magnifique. J'ai hélas dû te dire, te faire comprendre que tu ne pouvais pas rester près de moi. Tu ne voulais pas partir, mais tes petits t'attendaient et ta vie terrestre devait continuer encore. Belle parenthèse ! Quel beau moment ma fille que celui de nos retrouvailles !

Tu m'as dit que tu serais là quand je viendrai vous rejoindre ?

Oui, bien sûr. Revenons à l'explication que je te donne depuis plusieurs nuits. Nous avons la possibilité de retrouver, d'attendre ceux que nous aimons puisque le temps n'existe pas. Nous savons que votre moment venu, votre Guide nous avertit pour que nous venions vous chercher. Je te verrai grand-mère sur terre, mais d'âme à âme, nous vivrons toujours la même intensité et lorsque tu viendras nous rejoindre, tu me verras, avec le même visage, et vêtu de ma chemise blanche et de mon pantalon noir, comme tu me voyais à sept ans. Nous pouvons nous montrer ainsi à l'âge où la personne sur terre peut la reconnaître. Ce n'est pas parce qu'une âme est partie très âgée qu'elle se montrera forcément ainsi. Non, elle pourra prendre l'apparence voulue pour que son proche la reconnaisse. Nous attendons tous nos êtres aimés et sommes là pour venir les chercher et les accueillir.

Mais nous n'aurons pas envie de revoir certaines personnes quand nous arriverons dans l'au-delà. Comment faire ?

Aucune âme n'est obligée d'en voir une autre si elle ne le souhaite pas. Seul l'Amour nous guide et nous fait aller vers ceux que l'on désire retrouver.

Donc tout le monde peut revoir ses aimés ? J'insiste, mais très souvent, mes consultants me posent la question.

Je comprends. Lorsqu'elles arrivent, les âmes demandent au Guide si elles pourront retrouver leur proche, leur aimé resté sur terre. C'est une préoccupation encore très humaine. Vite, cela devient l'évidence. Oui, nous nous retrouverons. Vois-tu, votre vie terrestre est si courte que l'on ne peut que se retrouver. Mais là encore, il faut arriver à expliquer le temps ou plutôt le non-temps.

Bonne nuit ma fille.

16 août 2006

À propos des communications entre les deux mondes tout n'est pas clair. Parfois, nous entendons un nom ou nous voyons une initiale, imprimée sur une sorte d'écran de cinéma. À d'autres moments, les signes sont très explicites. Pourquoi ne recevons-nous pas toujours des preuves fortes de votre monde ?

Pourquoi des preuves ?

Parce que les personnes qui viennent consulter nous en demandent, en ont besoin.

Je sais bien mais je réponds à ta question. L'être humain est compliqué. Peu confiant, il lui faut des preuves. Nous n'avons pas toujours envie d'en donner ni de nous justifier quand nous venons parler à nos proches. Pourquoi des preuves ? Lorsque je te parlais sur terre, est-ce que je te disais : c'est bien moi, c'est papa ! Non car c'était naturel, évident. Alors pourquoi veux-tu qu'il en soit autrement ? Parce que nous sommes de l'autre côté ? Je sais que tu as compris, mais je te donne mon exemple pour te répondre. Sur terre, l'homme est soupçonneux, doute en permanence. Tu as plusieurs sortes de consultants qui viennent te voir, toi ou d'autres médiums.

Comment vois-tu ces différentes personnes ?

Le simple curieux, l'incroyant, celui qui ne veut entendre que l'approbation de ses propres pensées, mais aussi celui qui est vraiment en quête de recevoir des messages.

Maintenant parlons des réactions de nos Frères de Lumière. Lorsqu'une âme s'en va, elle est encore proche des siens durant quelque temps. Puis arrive le moment de repos. S'installe alors une autre façon d'être près de ceux que l'on aime. Il ne faut pas croire que l'évolution nous en empêche.

Rien à voir! Certains disent: si tu as des contacts avec cette âme, c'est qu'elle n'est pas très avancée! Ridicule! Nous pouvons toujours garder des contacts avec nos proches. À la différence que, peu à peu, nous ne donnerons plus le même genre de message. Depuis que je suis ici, tu n'as plus besoin que je te dise: je vais bien. Je viens te parler pour donner des réponses à tes questions sur notre monde ou sur ton évolution. Les contacts sont, au fil du temps, tous reliés à l'évolution.

En effet, la teneur de tes messages a changé en fonction de ton évolution, mais aussi de ma réceptivité.

Une personne qui s'en va a besoin de rassurer les siens. Devenue âme, elle va très vite essayer d'envoyer des signes pour que l'on comprenne qu'elle est vivante, qu'elle est là.

Effectivement, lors des premiers contacts d'une entité, elle précise souvent: je suis vivant.

Oui, puis elle part en repos. Il ne s'agit plus de faire des signes, mais de se ressourcer, de se remettre en énergie.

L'âme s'isole donc pour ne pas capter la détresse des siens?

Elle ne doit pas s'imprégner de la peine terrestre. Au contraire, elle doit se dégager au plus vite pour revêtir ses nouvelles vibrations: celles de l'Amour universel. Sortie de ce temps de repos, elle n'est plus tout à fait la même.

Peux-tu me donner un exemple?

Lorsqu'un être a dormi, est reposé, on ne peut le comparer à celui qui manque de sommeil. L'homme épuisé ne fait plus rien correctement, se laisse envahir par des émotions qui le submergent. Fatigué, il pleure facilement, s'énerve. Reposé, il voit plus clair, il est gai, optimiste et entreprend les choses d'une autre manière, non ? Pour l'âme, ce temps de repos sert à ça.

C'est sûr. Je comprends à quel point cette coupure est nécessaire.

Maintenant, prenons l'exemple d'un départ inattendu ou d'une âme fermée à l'au-delà durant son temps terrestre. Arrivée ici, elle veut rester près de ses proches, leur dire qu'elle est là, communiquer. Par ses vibrations encore basses, elle peut faire des signes mais très brefs, car son énergie est pour le moment insuffisante. Pendant le repos, ses vibrations seront différentes, elle sera lavée, purifiée du chagrin suscité par son départ. N'oublions pas que les âmes assistent à la peine des leurs, mais ne peuvent intervenir de façon physique. Au sortir du repos, l'âme a du recul par rapport à la terre. Même si elle voit encore la peine des siens, elle n'est plus atteinte de la même façon, car éloignée des énergies terrestres ! Non, elle ne devient ni indifférente, ni égoïste, simplement ces ressentis-là n'existent plus ici. Et même si elle reste près de ses proches en leur faisant des signes pour que leur douleur s'apaise, elle en est dégagée. Et c'est heureux ! Sinon, l'évolution ne pourrait s'ouvrir. Ici, on s'aperçoit bien vite que la vie terrestre est courte !

Peux-tu me donner un autre exemple ?

Pas facile ! C'est comme si un homme décidait de faire l'expérience de partir six mois dans un autre pays. Le temps lui paraîtra long et les difficultés importantes : s'habituer à une autre langue, à d'autres coutumes, s'intégrer au pays. À son retour, ce voyage lui semblera très court. D'ici, lorsque nous regardons le parcours terrestre, il en est de même. C'est si bref que l'on ne peut être désemparé par la séparation puisque le temps n'existe pas… Pour nous, ce sont des séparations momentanées.

C'est rassurant.

Revenons aux contacts entre les deux mondes. Donc, après le repos, reste le plaisir de pouvoir dire aux aimés que l'on est près d'eux. En avançant dans notre évolution, les contacts se transforment en échanges de point de vue. Ils seront aisés si l'on communique comme toi et moi. Sinon les humains recevront des signes lors de situations compliquées qui parfois se régleront d'un seul coup. Ce ne seront plus les signes du tout début, les lumières, les sonneries, etc. Chacun prendra sa place dans son monde et ne ressentira plus ce besoin de réassurance constante à notre sujet.

Il est vrai que je ne ressens pas en permanence le besoin d'être en contact avec toi.

Avec nos nouvelles vibrations, nous ne retrouvons pas toujours le moment terrestre exact dont vous voulez que nous nous souvenions. La vision de notre vie sur terre est globale. Redonner le lieu et la date de l'année de certaines vacances n'est pas aisé pour nous car sans intérêt! Il nous reste l'Amour, et non les détails matériels qui l'entourent. Nous en sommes dégagés et vous nous demandez de nous y replonger pour avoir des preuves. Difficile! Le surnom que l'on vous donnait n'a plus aucun intérêt pour nous.

Tu m'appelles toujours Kiki, pourtant. Parce que nous dialoguons depuis que je suis petite et que tu es mon deuxième Guide?

Oui, mais lorsque tu me parlais sur terre, imagine que je t'aie demandé: quel surnom je te donne? Qu'avons-nous fait il y a trois mois? Suivant ta réponse, je t'aurais dit: D'accord c'est bien toi qui me parles! Ca te paraît stupide et pourtant, c'est ce que l'on demande aux âmes. Quand vous aurez compris que l'Amour tisse un fil indestructible entre nos mondes, que chacune de vos pensées est reçue et que vous pouvez recevoir les nôtres, alors vous rechercherez dans les contacts autre chose que des preuves. Donner une lettre ou un prénom, est possible, mais pour certains, c'est si loin qu'il est dif-

ficile de se rappeler le prénom de la tante, du grand-père, etc., même s'ils sont arrivés dans notre monde.

Je comprends que vous soyez agacés par ce manque de foi !

Oui! Quand quelqu'un veut savoir qui l'âme a retrouvé, c'est pour avoir une preuve! Il faut faire la différence entre la personne dotée d'un prénom sur terre pour identifier son enveloppe et l'âme qui arrive ici et perd cette identité pour retrouver son essence d'être à travers l'éternité. Tu es Christine sur terre, mais tu ne seras pas Christine dans l'au-delà. Je m'appelais André, mais ici, je ne suis plus André. C'est difficile à expliquer. Nous vous entendons nous nommer alors que nous avons perdu cette notion en arrivant ici. Raison de plus pour ne pas se souvenir des prénoms de ceux qui nous ont rejoints. Certaines âmes s'en souviennent fort bien, d'autres n'en ont plus envie. Il faut respecter.

Voilà pourquoi les contacts sont si différents.

Un contact, c'est avant tout un enseignement pour avancer dans son parcours terrestre, pour se parfaire, pour comprendre ce que l'on a à vivre et l'importance de l'Amour. Ne pas attendre que l'âme donne des preuves. Se servir de la possibilité de recevoir des informations vous permettant d'évoluer et de comprendre pourquoi vous vivez telle ou telle chose. Profiter de l'expérience de l'âme qui est partie. Le reste n'est que perte de temps, soit par manque de confiance, soit pour se glorifier d'avoir reçu un signe. Dans ce cas, le contact devient inutile et malsain. Je te parais dur, mais il est important de réaliser que la barrière entre nous est inexistante et que le seul but de la communication est, je le répète, de vous montrer à quel point l'Amour est une clé.

Avec lui, tout est possible.

Bonne nuit ma fille.

17 août 2006

Lorsque nous sommes en contact avec eux, les Guides nous disent que, chez vous, il y a également des médiums. Quel rôle ont-ils dans votre monde, puisque chaque entité peut nous capter et s'adresser à nous ?

Certaines âmes choisissent d'être médium en arrivant ici. Pourquoi ? Comme sur la terre, elles aident à la réalisation des contacts entre les deux mondes. Je t'explique. Lorsqu'une âme arrive ici et en fonction de son évolution sur terre, elle comprend plus ou moins où elle est, ce qu'elle vit. Puis, elle sort du temps de repos et s'habitue peu à peu à sa nouvelle existence. Vient alors le désir de faire signe à ses proches pour leur dire : je suis vivant ! L'âme n'a peut-être pas déjà acquis l'énergie nécessaire, ni la manière de se faire entendre. Si elle le souhaite, un médium de l'au-delà va l'aider en se servant du canal du médium terrestre pour passer le message. Ce médium recevra l'information suivante : le contact n'est pas l'âme partie, mais une plus expérimentée qui sert d'intermédiaire pour donner des réponses aux questions posées.

Si l'entité choisit cette mission, est-elle définitive ?

Non, rien ne l'est. Les âmes le font quand elles le désirent. J'insiste : ici, nous avons le choix, nous sommes libres de nos décisions et nous pouvons changer de mission, d'activité, quand bon nous semble. Il ne faut pas être dans le jugement. C'est extraordinaire, le non-jugement. Notre chemin se fait selon notre conscience et notre désir d'avancer. Avec l'Amour. Je ne te dis pas qu'à notre arrivée ici, tout est idyllique et que nous sommes parfaits. Non, chacun choisit, soit de rester dans ses vibrations terrestres, soit de lâcher prise pour s'orienter vers des vibrations plus agréables qui lui permettront de vivre dans l'Amour. Différents paramètres font qu'une âme n'a pas toujours envie de suivre le chemin de l'Amour. Encore une fois, ne jugeons pas.

Donc, certaines âmes ne se font pas à l'idée qu'elles ne sont plus sur terre. Est-ce que cela dure ?

Tu m'as déjà posé la question. Je te répondrai oui, dans certains cas. Certaines âmes ne veulent pas admettre qu'elles ne sont plus sur terre.

Pour quelle raison ?

Peut-être parce qu'elles laissent derrière elles un être trop aimé. Prends l'exemple d'une mère qui passe chez nous en accouchant. Au siècle dernier, c'était fréquent. Ça l'est encore dans certains pays. Il est difficile pour cette jeune maman qui a porté son bébé dans son ventre durant neuf mois, qui l'aime déjà, d'admettre la séparation physique et le fait que son enfant ne la connaîtra pas sur terre. En outre, une autre femme fera office de maman. Alors cette âme souffre et s'inquiète du devenir de son enfant. Elle reste à un niveau vibratoire en frontière entre la terre et l'au-delà.

En frontière, qu'entends-tu par là ?

Elle n'accepte pas de franchir la Lumière pour être dégagée, car elle craint d'être coupée de son enfant. Son Guide a beau lui expliquer que La Lumière ne la séparera pas de son aimé, elle a trop peur du risque et préfère rester sur terre. Frontière où elle est sûre de pouvoir assister à tout ce qui concerne son petit. L'ennui, c'est que cette âme appartient malgré tout à l'autre côté. Son énergie terrestre n'existe plus. Elle vit au rythme de nos vibrations, basses il est vrai, mais qui font partie de notre monde.

Souvent, vous nous dites que les vibrations de la terre sont très basses, c'est identique pour elle ?

Bien sûr que non. Ça devient compliqué lorsque cette âme est en manque d'énergie ! Refusant d'entrer dans la Lumière, elle reste en faible intensité en permanence et, pour être près des siens sur terre, doit se nourrir de leur propre énergie. Ainsi, elle se régénère mais vide les aimés de leur force. C'est pourquoi certaines personnes ressentent une fatigue chronique inexplicable. Toujours épuisées, sans savoir pourquoi. Si, en recherchant dans l'histoire familiale, on découvrait le départ déchirant d'un proche, bien des problèmes seraient réglés.

Est-ce que cela peut durer pendant des années terrestres ?

Oui, car le libre arbitre s'exerce aussi dans l'au-delà. En conséquence, on ne force pas une âme à s'intégrer totalement à notre monde. Elle peut prendre son temps pour le faire. Celles qui refusent d'entrer dans la « Lumière » finiront par comprendre ou se feront aider par une personne terrestre qui leur parlera ou priera pour elles. Et seulement à ce moment-là, elles pourront monter, aller vers cette Lumière. Très vite, elles auront la conscience de rester proches de leurs aimés, et mieux qu'avant, car elles ont de meilleures énergies et qui leur appartiennent ! Ce qui change tout.

C'est intéressant. Tant de possibilités de l'autre côté… Mais en dehors du cas d'une maman, y a-t-il d'autres âmes qui ne veulent pas accepter d'être « mortes » ?

Bien sûr. Certains ont vécu dans le luxe ou dans l'obsession de l'argent. Ils se sont forgés une personnalité en fonction de leurs biens. Leur notoriété a été basée là-dessus : montrer aux autres qu'ils étaient arrivés, qu'ils avaient des moyens et du pouvoir. Peu importe que les autres soient dans la difficulté. L'important était de sortir du lot, comme vous dites, d'étaler sa supériorité. Entrés dans un processus d'égocentrisme, tout tournait autour d'eux, de leur argent et de son pouvoir. À leur arrivée de l'autre côté, crois-tu que leurs âmes soient prêtes à accepter la fin de ce pouvoir ? Elles se sentent vides, en manque de leur vie terrestre. L'au-delà leur paraît sans intérêt puisque leur seul but n'existe plus.

Que se passe-t-il alors ?

Elles restent dans l'illusion de la continuité et croient qu'elles possèdent toujours le même ascendant sur les autres. Leurs Guides tentent de leur expliquer qu'elles peuvent aller vers une richesse plus grande pour leurs âmes, mais elles ne le conçoivent pas. Leur vie ayant été construite pour le faste, elles ne se sont pas préoccupées de l'Amour. Difficile pour elles de lâcher prise ! En conséquence, elles préfèrent rester dans de basses énergies, où elles pourront continuer à côtoyer ce monde de l'argent, en allant vers des lieux terrestres de luxe et de paraître. De plus, elles devront se nourrir de l'énergie des autres jusqu'à ce qu'elles réalisent que le nouveau monde n'est plus celui où elles traînent, et que là n'est pas la vraie Vie. Alors, elles accepteront d'entrer dans la Lumière. Ces êtres ne sont pas à blâmer, ils n'ont pas compris, c'est tout.

C'est cette première étape dans l'au-delà que l'on appelle le bas astral ?

Le bas astral, vous en parlez comme de l'enfer ! C'est un peu plus compliqué ! Je l'appellerai un premier stade où les âmes qui ne sont pas prêtes à renoncer à leurs mauvais côtés, stagnent avant de passer à autre chose, après leur temps de repos. Elles n'acceptent pas et ce, pour diverses raisons, d'être différentes de ce qu'elles ont été. Car encore une fois, ce n'est pas parce que l'on arrive ici que l'on devient « un saint ». Nous gardons les mêmes travers et nous nous détachons progressivement. Alors, dans ces premiers stades, quantité de personnes ne veulent pas changer, par méchanceté, par jalousie, par envie. Elles refusent que des inconnus occupent leurs lieux de vie, et existent sans elles. Nous n'aborderons pas ce sujet abondamment traité dans vos ouvrages. Cependant il faut savoir différencier ceux qui refusent d'évoluer pour garder une emprise sur les êtres terrestres de ceux dont je te parlais qui restent à la frontière par amour pour les leurs, et par peur de la séparation. Ce n'est ni le même stade, ni le même problème. Ces derniers, lorsqu'ils comprennent qu'ils ne seront pas séparés, acceptent d'entrer dans la Lumière, et évoluent généralement très vite.

À bientôt ma fille.

18 août 2006

Dans l'au-delà, quelle est la différence entre un médium et un enseignant ?

Elle est importante. Comme sur terre. Peux-tu comparer le travail que tu fais – ou plutôt l'aide aux autres – avec celui d'une institutrice ?

Non, ce n'est pas comparable *!*

Ici, c'est pareil. Le médium est l'intermédiaire entre nos deux mondes. Chez vous, il aide une personne endeuillée à recevoir un message du disparu, chez nous, il intercède auprès de l'âme trop basse en énergie ou qui ne sait s'y prendre pour communiquer avec son proche. Ici, le rôle du médium ne dure jamais longtemps avec la même âme qui dès son évolution, comprend qu'elle peut communiquer seule. Alors l'âme médium ira vers d'autres arrivants, trop jeunes encore dans l'au-delà pour savoir se manifester.

C'est la différence avec la terre. Il n'est pas rare de voir la même personne retourner chez le médium pour obtenir un contact, car elle n'entend pas son proche. Et elles peuvent même revenir pendant des années.

Cela pourrait être identique sur terre. Les êtres qui viennent te voir ont une ouverture possible.

Oui, mais les gens sont pris dans un carcan de préjugés, le regard de l'autre est si réprobateur qu'ils risquent d'être considérés comme des illuminés. En conséquence, ils préfèrent laisser ce canal médiumnique fermé.

Chaque humain a le potentiel d'entendre et de recevoir les messages. Ainsi le médium serait plus disponible pour accueillir d'autres personnes endeuillées…

Pourquoi n'entendent-ils pas ?

Pour toutes ces raisons. Et aussi par facilité et par refus de la responsabilité. Ils demandent donc au médium de recevoir le message. S'il ne convient pas ou si l'indication donnée s'avère inexacte, il sera plus aisé d'incriminer le médium. Le message est-il vraiment erroné ? Sans doute la personne avait-elle envie d'entendre autre chose… Et si l'événement n'a pas lieu, n'est-ce pas le libre arbitre de cette personne qui a tout modifié ?

Je me souviens d'une femme venue me consulter et qui à la fin me demande si sa fille va avoir son examen. La réponse est affirmative car, lui précise-t-on, elle travaille beaucoup et s'en donne les moyens. Quelques semaines plus tard, cette femme m'appelle, furieuse : sa fille vient d'échouer. Le message était erroné me dit-elle ! Je lui demande de me rappeler ce qui lui a été dit – car je ne me souviens pas des messages qui me sont donnés -, puis je l'interroge : avez-vous parlé de ce message à votre fille ? Oui, me répond-elle. Elle a été soulagée et depuis a moins travaillé puisqu'elle devait avoir son examen ! ! !
Belle leçon à retenir car, depuis, lorsqu'une âme donne une telle réponse, je précise qu'elle voit le résultat dans la continuité du moment et non pas en changeant les données.

C'est exact. Il est impensable qu'une âme qui donne une aide à un proche s'amuse à le berner ! En revanche, on ne peut pas tout nous demander, car nous n'avons pas accès à ce qui concerne votre futur. Encore faut-il avoir la notion du futur, puisqu'il n'y a pas de temps ! Nous ne pouvons voir que la globalité d'une vie et encore ! Il nous est impossible d'intervenir de quelque façon que ce soit. Ne crois-tu pas que nous aimerions gommer vos soucis terrestres ? Surtout lors-

que nous venons d'arriver et que nous gardons en mémoire les difficultés de notre vie passée ! Crois-tu que le Guide nous laisse tout dire ? Où seraient votre chemin de vie et votre libre arbitre ?

Vous n'avez donc aucun pouvoir sur cela?

Non, lorsque notre champ de conscience s'élargit, nous comprenons ce qu'est un parcours terrestre, ses épreuves et ses joies. Nous n'apportons pas la solution à vos problèmes, car de là dépend votre évolution. De plus, le temps terrestre devient dérisoire ici. Ce n'est qu'un passage de vie qui vous mènera vers autre chose. Il ne s'agit pas d'indifférence, mais d'un autre champ de conscience. Le parcours terrestre est si rapide que passé, présent et futur sont mélangés. Alors comment déterminer avec précision quand tel événement va se réaliser? C'est presque impossible. Sauf peut-être pour celui qui refuse d'avancer, restant si près de la terre qu'il en a encore une infime notion. Pour autant, il n'aura pas accès à la vie précise de son aimé. Le but d'un contact n'est pas de faire de la voyance, mais de recevoir une guidance spirituelle, une orientation qui vous mènera à une plus grande évolution sur terre. Passer votre inquiétude sur notre état, est le but des contacts médiumniques. L'essentiel de la médiumnité est que l'âme fait avancer son aimé sur le chemin spirituel. Je n'aime pas ce mot trop galvaudé sur terre. Le contact doit faire comprendre à l'humain où se trouve le chemin de l'Amour. Un passage n'est jamais innocent. Le moment précis de notre départ est inscrit dans notre parcours, mais <u>aussi</u> dans le parcours de l'autre.

Pas si simple ! Nous choisissons donc de terribles souffrances morales dues à ce deuil ?

Oui et beaucoup ne l'acceptent pas. Encore une fois je ne te parle pas du départ d'une âme âgée qui fait partie du processus de la vie mais de celui d'un jeune. Regarde : ma destinée était de partir à trente-neuf ans.

Crois-tu que ce départ n'a pas eu de conséquences sur ta mère, sur toi et sur le reste de la famille ? Crois-tu que cela n'était pas inscrit dans vos vies ? Crois-tu que votre chemin ne devait pas passer par là ? Bien sûr que si. Tout est dépendant de tout. Tout le monde est en concordance avec tout le monde. Un départ ne peut être isolé, je veux dire ne concerner que l'être qui s'en va. Il concerne l'entourage. À cause ou grâce à ce départ, suivant le point de vue de la terre ou d'ici, la vie de ceux qui restent va s'en trouver modifiée. Prends ton exemple ma fille.

Il fallait que je vive ton départ pour m'ouvrir à l'au-delà ?

Crois-tu qu'autrement tu aurais tant voulu être médium ?

Inconsciemment, cette recherche je l'ai faite pour…

...Pouvoir m'entendre et garder le contact. Un départ n'est jamais innocent. Il amène l'autre à se remettre en question, à se rendre compte de la fragilité de la vie terrestre, à prendre conscience que rien n'est établi. La vie est un équilibre si délicat ! Peu suffit pour que tout bascule. Tout est en mouvement en permanence et rien n'est jamais <u>acquis</u>, sauf l'Amour au fond de son cœur, au fond de son âme. Le reste peut changer en quelques secondes. Tu es bien placée pour le savoir. D'une vie de petite fille insouciante, tu es passée à un drame d'enfance. Un départ, c'est l'occasion inespérée pour celui qui reste de comprendre que la vie ne s'arrête pas à la « mort », que l'âme continue d'exister à travers les temps pour l'éternité. Ceci acquit, on ne peut plus vivre de la même façon. L'on sait qu'un acte terrestre aura une répercussion sur l'évolution de l'âme.
Le monde serait tellement meilleur si tout le monde fonctionnait ainsi…

L'enseignant maintenant. Son rôle est différent et réservé à quelques-uns.

Pourquoi ?

Chacun ne reçoit pas un enseignement de la part d'un proche disparu, il lui est donné uniquement pour le transmettre. L'enseigné doit faire découvrir notre monde, avoir la possibilité de le diffuser au plus grand nombre. Ce que nous faisons depuis plusieurs nuits, c'est pour toi, mais aussi pour que tu puisses, à travers ton ouvrage, faire découvrir l'au-delà autrement. Après lecture, beaucoup se poseront la bonne question et peut-être s'orienteront différemment. Il faut que ce soit utile. À l'école ce que l'on apprend restera en nous la vie entière. Vois comme un enfant est heureux dès qu'il peut lire une phrase ou écrire son nom ! C'est un acquis définitif. Ici c'est pareil. L'enseignant est là pour que les hommes ne soient plus les mêmes, pour qu'ils voient leur parcours différemment. Après, l'au-delà fera partie de leur quotidien, de leur façon de penser. Il y a l'enseignant « provisoire » comme moi, qui te donne cet enseignement hors de mon rôle habituel. Et l'âme qui a choisi d'enseigner et qui le fera régulièrement, comme Denise.

Bonne nuit ma fille.

19 août 2006

Même si c'est un sujet que je n'ai pas envie d'aborder, dis-moi comment, dans votre monde, la notion d'argent par rapport à mon activité est perçue ?

Lors d'une conférence en Belgique, au sujet de ton parcours médiumnique, j'étais à côté de toi. Un homme t'a posé une question ou plutôt a affirmé sans te connaître : vous avez perdu un père, mais vous avez gagné un compte en banque ! Au vu de ton incompréhension, il s'est trouvé ridicule et t'a présenté des excuses.
Ah, l'argent ! Il y aurait tant de choses à en dire ! Surtout vu d'ici. Parlons en général. Il n'est pas une mauvaise vibration mais l'utilisation que l'on en fait peut être lourde et néfaste. Si un homme richissime passe sa vie à festoyer, à faire des caprices, à acheter les choses et les gens pour affirmer son pouvoir, comment veux-tu que l'argent ait une valeur positive ? Il ne lui sert qu'à se faire valoir par des actions intéressées pour le paraître et l'orgueil. Un autre va gagner beaucoup et reverser une partie à des enfants dans le malheur, ou soutenir la recherche ! L'argent devient propre car il aura aidé. Comprends-tu ? C'est une énergie d'échange. Son seul intérêt est de permettre d'avancer dans la vie, en épaulant les autres. Avoir besoin d'argent pour construire une maison, c'est bien. Attendre un héritage ? Pour quoi faire ? Cet effort n'est pas le tien. Rien de bénéfique ne t'arrivera si tu convoites égoïstement.
Et par rapport à ton activité, soit tu as épousé un homme qui a des moyens et tu peux te permettre de recevoir les personnes sans rien demander, soit tu as travaillé toute ta vie et à la retraite, tu peux encore recevoir sans rien demander, grâce à tes revenus. Si tu as un autre métier, une fois par semaine ou le soir tu peux consulter sans rétribution. Mais comment faire lorsque la médiumnité prend tout ton temps ? Il ne s'agit pas de déculpabiliser ceux qui prennent de l'argent en recevant ! Si l'on vous demande de vous consacrer aux

autres, il faut bien que vous puissiez vivre ! Je ne parle pas de ceux qui se font payer exagérément cher au nom du don qu'ils ont reçu ! Mais prendre pour subsister est nécessaire. Il est aisé de porter un jugement, les hommes adorent… Et ce ne sont pas les plus purs qui font les reproches !..
Mais changeons de sujet, je sens que cela t'énerve !

Oui. Je ne sais pas comment je pourrai en parler sans être accusée de vouloir avoir bonne conscience, tu comprends ?

Je comprends surtout que tu soutiens et aides beaucoup. Continue. C'est impératif.

Je le veux ainsi même si je râle souvent. N'est-ce pas ?

Oui, ma fille, oui.

20 août 2006

Pour quelle raison devons-nous vivre les épreuves ? Vers quoi nous mènent-elles ?

C'est souvent dans les moments de crise que l'être prend pleinement conscience de sa vie.

Tu crois vraiment ?

Je t'assure. Les épreuves finissent par le rendre plus attentif à son parcours terrestre. Pensons au schéma répétitif.

Qu'entends-tu par là ?

Au cours de sa vie, une personne vivra des événements qui se dérouleront de façon similaire.

Peux-tu me donner un exemple ?

Oui. Une femme qui tombe systématiquement sur des hommes alcooliques, pensera, lors de sa première union que son choix était mauvais. Elle se séparera de son mari pour connaître plus tard un autre homme. Bien vite, elle s'apercevra que lui aussi a des problèmes d'alcool. Elle se dira : « Vraiment, je n'ai pas de chance » ! Sa troisième rencontre s'avérera semblable aux deux premières. Ce n'est ni un mauvais choix, ni un manque de chance, mais une compréhension erronée. Elle devra se demander pourquoi elle attire des hommes qui boivent. Et tant qu'elle ne l'aura pas compris, elle rencontrera des êtres affublés de ce défaut. Voilà le schéma répétitif. Ce genre d'épreuves peut concerner bien d'autres domaines.

La nuit dernière, tu m'as dit que tu voulais parler de la peur et du doute ? Pourquoi ?

De grands fléaux pour vous... Qu'est-ce que le doute? Pour qu'un événement se déroule de façon positive, l'être humain devrait lâcher prise, et ce dans n'importe quel domaine. Tout semble aller pour le mieux, et pourtant, le doute s'immisce: Et si cela ne se passait pas comme prévu? Et si l'on m'avait menti? Et si je n'étais pas à la hauteur? Et si je devais faire autre chose? etc. etc. Commencent à s'émettre des vibrations pesantes. Elles vont envelopper l'homme d'un manteau de lourdeur qui provoquera des retards ou des blocages dans une situation, claire et limpide au départ. Et qu'est-ce que la peur? La même chose quant aux conséquences: j'ai peur de ne pas savoir faire, j'ai peur qu'il arrive un problème à quelqu'un que j'aime, j'ai peur de ce que l'on va penser de moi. Bannissez ce mot de votre vocabulaire! C'est un frein à l'avancée.

Le doute et la peur sont de réels fléaux?

Oui, nous sommes reliés à vous pour vous aider à dépasser un événement, une épreuve. Je dis bien aider et non régler le problème à votre place. Nous vous entourons d'énergies positives pour comprendre et dépasser ce problème. Que pouvons-nous faire dès que vous émettez une peur, un doute? Vous fermez une porte, vous mettez une barrière entre vous et nous, vous devenez inaccessibles. Vous vous isolez. Nous ne pouvons plus intervenir comme nous l'aurions souhaité. Voilà le processus de la peur et du doute.
Je pense à autre chose, un point crucial à éclaircir. Les consultants te disent à propos de leur disparu: « Il pourrait quand même faire quelque chose! Maintenant qu'il est parti, nos problèmes ne l'intéressent plus, sinon je ne vivrais pas ça! »

Je peux comprendre leur désarroi car ils pensent que les disparus ont tous les pouvoirs.

C'est une réaction humaine mais qui nécessite quelques éclaircissements.

À partir de quarante ou cinquante ans, vous avez tous perdu quelqu'un de cher, ou même plus tôt. D'après votre raisonnement, vous ne devriez donc plus avoir de soucis, puisque l'âme aurait la capacité de bonifier votre vie. Faux ! Vous pensez que l'amour n'existe plus car l'âme n'a pas résolu vos problèmes. Faux ! Une mise au point s'impose.
Avant de naître, l'homme a accepté de traverser, sur terre, certaines zones de turbulence. Il l'a décidé avec un champ de conscience élargi. À la naissance, il perd cette mémoire et refuse donc cette vie prédestinée. Il pense qu'il n'aurait jamais opté pour un chemin aussi dur ! Pour tout acte, il aura son libre arbitre. Un mauvais choix entraînera une épreuve, dont il devra comprendre le sens. L'être aimé, dans l'au-delà, assistera à cette traversée difficile mais en aucun cas ne pourra intervenir. Et même s'il le pouvait, le Guide de l'être en difficulté ne l'accepterait pas. Personne ne peut modifier un cours de vie, même pas une âme, car elle voit la difficulté autrement, dans la globalité de la vie de son proche, infiniment petite dans l'éternité.

Et si tu me donnais un exemple ?

Une de tes amies part en voyage dans un pays inconnu pour six mois. Elle te téléphone pour t'exprimer ses difficultés. Tu l'écoutes, mais elle a choisi et tu ne peux supprimer les obstacles qu'elle rencontre. Tu l'aimes pourtant. Même si ce qu'elle vit est âpre, ce n'est que pour six mois, l'expérience la fera mûrir et avancer. Tu ne peux que prier pour que sa situation soit plus facile. C'est la même chose entre une âme et un être aimé. L'âme aide en envoyant de l'énergie d'amour, mais dire qu'elle n'aime plus son proche est une aberration, un besoin de rendre autrui coupable de ses propres difficultés ! Comment dites-vous ? Ce n'est pas ma faute. Que ce soit celle des autres est bien plus confortable et rassurant. Il s'agit, de votre part, d'une mauvaise compréhension d'un événement qui vous fait vivre une situation lourde. L'amour n'a rien à voir là-dedans ! Or dans ces

moments-là, quand l'humain dit une telle chose, c'est lui qui se trouve en manque total d'amour.
Son énergie s'assombrit, s'alourdit et le bloque un peu plus dans son problème…

Bonne nuit ma fille.

21 août 2006

De quoi veux-tu me parler cette nuit?

Avant tout, des départs de groupe d'âmes et de leur arrivée ici. Nous avons déjà parlé de la violence de ces départs : un accident d'avion, de train, un bateau qui coule, etc. Prenons le cas d'un avion qui s'écrase. Pense à ceux qui sont enfermés. Imagine leur effroi en se voyant prisonniers de la carlingue ! Ils sont impuissants, ne peuvent qu'aller vers la mort. Les médias vous disent que c'est rapide. Le crois-tu vraiment ?

Revenons à la question du temps. L'accident ne dure que quelques minutes, sans doute interminables pour ceux qui se voient mourir !

Oui, car ils se voient descendre à toute vitesse... Ce ne sont que cris d'angoisse et de désespoir. Puis un bruit sourd. Puis plus rien. Silence complet. Certains se relèvent et pensent : « Comment ai-je échappé à ça ? Tout n'est que fumée, brouillard épais, débris et corps inanimés... Ils n'ont pas eu de chance ! Moi, je suis debout et je marche. En voilà d'autres. Je vais me joindre à eux ». Les âmes comprennent vite qu'un changement s'est produit. Elles sont surprises car leur façon de communiquer est différente. Elles s'étonnent : tous les passagers de l'avion sont donc indemnes ? Elles s'interrogent : pourquoi ne pouvons-nous pas nous toucher ? Et là, elles prennent conscience de leur mort. Imagine leur désarroi, leur refus, leur panique. Puis, elles reprennent espoir, voient les secours arriver, pensent que tout va s'arranger, se dirigent vers les pompiers, les ambulanciers venus les sauver. Mais ils ne les entendent pas, constatent l'ampleur du désastre. Combien de corps identifiables ? Pratiquement aucun. Pendant ce temps, les âmes tournent autour de l'épave de l'avion.

Mais pourquoi sont-elles seules ? Les Guides ne sont-ils pas avec elles ? Ne voient-elles pas leurs proches décédés ?

Si, et plusieurs âmes se désignent pour les aider. Immédiatement sur place, elles prennent en charge ces âmes perdues. Certaines refusent l'inacceptable : ne plus embrasser leurs parents, leurs enfants, ne pas leur avoir dit adieu, enfin, vu d'ici, au revoir… Puis, les âmes en partance voient les sauveteurs s'affairer autour d'elles pour constater leur décès. Un groupe d'âmes arrive dans l'au-delà. Plusieurs Guides sont à leurs côtés pour les apaiser, pour effacer l'effroi du départ. Bien qu'en groupe, elles se sentent seules, loin de leurs aimés. Alors, les Guides leur montrent comment se déplacer pour les regarder. Mais cette réalité-là est tout aussi éprouvante, car elles voient les leurs crier, hurler de tristesse et de désarroi. Regroupés dans l'aéroport d'où est parti l'avion, ils attendent pour se rendre sur les lieux de l'accident.

Que font-elles en les voyant ?

Rien. Elles sont présentes dans le hall de l'aéroport, crient qu'elles sont là, mais inutilement. Alors les Guides leur expliquent ce qui va se passer. Ils les placent sur un plan vibratoire qui ne leur donne plus accès à l'endroit de l'accident où l'horreur est encore présente. Ensuite, tout correspond à ce que je t'ai déjà expliqué pour les départs.
Mais ces centaines d'âmes parties ensemble sont sans cesse attirées par les lieux de l'accident. Difficile de les empêcher de se projeter en pensée dans l'endroit de leurs passages ! Il faut beaucoup de temps à certaines, moins à d'autres pour n'être plus happées par lui ! Lorsqu'elles sont dégagées, au sortir du temps de repos, elles se libèrent de cette douleur du départ.

Les médias font état de la catastrophe, chaque année, à la même date.

Oui, et les anniversaires en mémoire des victimes, rappellent aux disparus ces moments douloureux. Ces commémorations, faites avec recueillement, n'ont chez nous qu'une seule résonance : un appel irrésistible pour revenir sur les lieux du départ. En abaissant leurs énergies, les âmes se retrouvent projetées dans leur mort qu'elles revivent avec lourdeur et torpeur. Ces anniversaires leur créent des perturbations. Elles n'ont aucune envie de revivre régulièrement ce départ si déchirant !

Pourquoi viennent-elles alors ? Pourquoi ne pas ignorer cela ?

Mais leurs proches pensent si fort à elles ! C'est un appel. Aimantées, elles vont vers eux !
Pour les accidents de train, c'est différent. Certaines âmes voient les blessés à côté d'elles, mais ne peuvent, hélas, leur porter secours. Imagine leur désarroi !

Ces âmes ont-elles voulu partir ensemble ? Était-ce leur moment ?

Absolument, il n'y a pas de hasard. Lors d'un départ multiple, tu remarqueras que certains êtres devaient se trouver dans le même avion ou train etc. et au dernier moment, ils ont eu un empêchement ! Soit des embouteillages, soit une panne de réveil, soit un desideratum du patron… Ceux-ci ne devaient pas encore quitter la terre et donc ont été empêchés de se rendre sur le lieu de l'envol collectif. Lorsqu'ils apprennent l'accident, choqués, ils ne vivront plus comme hier : ils n'étaient pas appelés. C'est comme si tu avançais sous la pluie et que, d'un seul coup, le soleil vienne tout changer. En revanche, lorsque l'un part et que l'autre reste, au sein d'une famille ou pour deux amoureux, c'est difficile à accepter ! Bien souvent, le survivant répète : « Pourquoi pas moi, pourquoi pas moi, j'aurais tant voulu partir aussi ! ». Là, il faut tout l'Amour et la sagesse du Guide pour le remettre peu à peu sur les rails afin qu'il reprenne goût à la vie. Certains se relèvent et repartent dans une autre direction, d'autres, bien moins nombreux heureusement, se terrent dans un silence et un refus de vivre qui ne les quittera plus.

Bonne nuit ma fille.

22 août 2006

Tu m'as dit que, lors de son départ, c'est l'enfant qui porte ses parents.

Pour les parents, perdre un enfant est la douleur suprême, le départ le plus dur, le plus injuste : leur petit s'en va avant eux. Enfant ou adolescent, c'est épouvantable. Deux départs sont possibles : soit la petite âme s'en va pour cause de maladie, soit victime d'un accident. Dans ce cas, quelle brutalité !
Il est surprenant d'observer les réactions d'un enfant malade. Les parents sont étonnés de la sagesse et de la tranquillité de ce petit qui se bat. À l'hôpital, il accepte les soins pénibles avec courage. Chez lui, il affiche une grande sérénité, rassure ses parents, leur promet que ce n'est rien, que tout ira mieux. Si un jour tu rencontres des infirmières qui côtoient des petits malades, tu leur demanderas ce qu'elles en pensent.

J'en connais une qui travaille dans un hôpital pour cancéreux. Elle m'a déjà parlé de la sérénité des enfants face à leur départ !

Effectivement. Les infirmières sont bouleversées par ces jeunes qui ont compris l'imminence de leur fin de vie. Ils préparent leurs parents, les rassurent, les tranquillisent sur leur mort, utilisent des termes d'adulte pour leur expliquer l'inévitable.

Que se passe-t-il, lorsque la petite âme vient vous rejoindre ?

Elle réagit différemment. Ce petit est en fait une âme pure et élevée qui a accepté de vivre un temps très court sur terre. Dès son arrivée ici, elle retrouve sa force pour aider ses parents, écrasés par le chagrin. Elle prend vite conscience du choix de son expérience terrestre et des raisons de sa courte durée. Son temps de repos, différent de celui des adultes, est consacré à la mise en énergie céleste et non à un bilan de vie, surtout pour les tout petits. Commence alors son vrai travail, car elle déploie son énergie pour porter ses parents à bout de bras, comme vous dites, les aider à accepter l'inacceptable en restant près d'eux. La mission est rude !

Est-ce valable pour tous les départs d'enfants ?

Oui, mais avec des différences. Après une longue maladie, les parents sont effondrés, mais, en même temps soulagés car leur enfant est délivré de la douleur, des soins pénibles imposés durant de longs mois. Et même s'ils refusent l'échec de la guérison, ils n'assistent plus, impuissants, à son agonie. La petite âme les aide souvent à fonder une association ou à en rejoindre une qui lutte contre cette maladie-là ou s'occupe d'amuser les enfants dans les hôpitaux etc. L'âme a le rôle de Guide pour que les parents se relèvent et continuent à vivre à travers une œuvre. Leur douleur ne s'éteindra pas mais leur permettra de se battre pour une cause, au nom de leur enfant.
Pour un départ accidentel, en bas âge, avant dix ans ou à l'adolescence, le rôle de l'âme est primordial.

Est-il plus important que pour un départ par maladie ?

Souvent, les parents approchent la folie dans les premiers jours suivant le départ de leur enfant et ce jusqu'à son enterrement. Ici, l'âme reprend son énergie pour l'insuffler sans tarder aux parents qui font les démarches comme des automates. L'évolution de l'âme n'en est pas freinée pour autant. Ce rôle, elle l'a choisi avant de s'incarner, car son énergie est grande et quitter la terre n'est pas un sacrifice pour elle. Son rôle sera essentiel auprès de sa famille : les aider à surmonter cette épreuve.

Peut-elle déjà se manifester ?

Oui, certains parents, malgré leur chagrin, parviennent à ressentir la

présence de leur petit. La douleur est insupportable, mais cette présence leur procure quelque répit. Ils ne savent comment l'expliquer, mais en sont convaincus ! Pour l'âme, c'est encourageant : elle peut les aider à sortir de ce marasme. D'autres, terrassés par la douleur, la colère, la révolte, sont plus difficiles à calmer. Ils ne ressentent aucune présence et n'ont à l'esprit que la vengeance. L'âme doit les empêcher d'accomplir un acte irraisonné. Il arrive qu'un des deux parents se mure dans un silence dont il ne sortira que des mois, voire des années plus tard. Le rôle de l'âme est plus délicat car, malgré son énergie, elle ne peut percer la carapace dont le parent s'est entouré.
Pour un enfant renversé par une voiture ou un adolescent tué dans un accident provoqué par un tiers, l'âme doit aider les parents à ne plus haïr l'auteur du départ prématuré de la petite âme. Si ce dernier est arrogant ou indifférent, le travail de l'âme va être considérable car les parents entrent dans une spirale de justice et de vengeance qu'il faudra désamorcer. En revanche, s'il est choqué et comprend la gravité de son acte, la mission de l'âme sera plus facile car les parents finiront par admettre que c'était le destin. Au mieux, ils accepteront de voir le fautif au bout de quelques semaines ou de quelques mois et dépasseront la colère qui gronde en eux. Certains parents accordent parfois leur pardon.

Je me souviens de cet homme, venu me consulter après le départ de son fils, survenu lors d'un accident de voiture où, des quatre occupants de l'habitacle, lui seul était parti. Le conducteur, à peine plus âgé que le fils de cet homme, était totalement rejeté par sa propre famille à cause de ce drame. J'avais été impressionnée de voir que ce père, anéanti par la mort de son garçon, se faisait également du souci pour celui qui avait provoqué l'irrémédiable. Quelle générosité de cœur !

C'est sûr ! Pour l'âme s'installe alors une véritable complicité entre elle et ses parents sur terre.

Pourquoi inflige-t-on ce genre d'épreuve à des parents ?

Je ne peux pas te répondre. Si je te parle d'un choix de vie, déterminé par ces personnes avant de s'incarner, tu me diras qu'il est impossible de choisir une telle douleur. Et pourtant, c'est une question de champ de conscience. Lorsque ces âmes ont accepté de vivre une épreuve aussi lourde durant leur incarnation, elles n'avaient pas la même conscience, et surtout pas celle de la durée de vie sur terre. Ici tout est relatif. La douleur n'existe pas puisque le passage terrestre n'est qu'une courte expérience parmi d'autres. La petite âme qui s'en va ne vit pas le manque de la séparation. Mais comment dire cela à une maman qui vient de perdre son enfant ? C'est impossible. Elle est anéantie par ce sentiment terrestre qu'est la peine. Mourir de chagrin, n'est pas une expression mais un fait. T'expliquer le pourquoi d'une telle épreuve, m'est impossible. Sache que la perte d'un enfant va mener les parents à une évolution, consciente ou pas. Un champ de conscience plus développé leur permettra d'accéder à d'autres ressentis. Certains communiqueront avec leur enfant. Une autre mission commencera pour l'âme qui aidera ses parents à se relever et à se reconstruire. Leur don de soi sera dominant. Quelle victoire de les pousser à bâtir une vie plus utile et tournée vers les autres ! Leur amour deviendra plus fort ! Ils pourront témoigner, créer des associations, aider d'autres parents ! L'amour les fera revivre ! L'âme sera en harmonie avec eux et les aidera au bon déroulement de leurs actions ! Par son départ, elle leur aura ouvert les portes de l'évolution et de l'Amour.

Bonne nuit ma fille.

23 août 2006

Après le départ d'un enfant, tu dis que les parents réapprennent à vivre en se tournant vers les autres. L'amour donné leur permet-il de continuer leur chemin ?

Ma fille, se tourner vers les autres devrait être le but de la vie sur terre, car l'amour dirige tout. Oui, tout est amour. Une personne qui se tourne vers une autre et lui tend la main donne un sens à sa vie. L'égoïste ne peut le comprendre. Quelles sont ses satisfactions ? Peut-être a-t-il tout ce qu'il désire, mais il lui manque l'indispensable : l'amour des autres. Celui qui te fait vibrer, qui t'offre le bonheur du partage. Voilà ce qui manque au monde entier, le partage ! Sans lui, point de vie harmonieuse. D'aucuns diront que je suis ennuyeux, moraliste, mais c'est pourtant la clé d'une existence réussie, et ce dans tous les domaines.

Perdre un enfant peut donc mener à cet amour, ce partage ?

Dans un sens oui. Ceux qui vivent dans l'insoutenable finissent par sortir de leur torpeur quand ils partagent leur vécu avec d'autres qui souffrent, ou témoignent pour que des couples en deuil se sentent moins seuls. Alors ils commencent une nouvelle vie. Pour l'âme qui les accompagne, c'est un cheminement merveilleux : ses proches se tournent vers l'essentiel : l'évolution grâce au don de soi.

Tu me dis que les âmes de ces enfants sont élevées et qu'ils portent plus ou moins leurs parents ? Je ne comprends pas.
Oui, c'est ça.

Lorsque le Guide nous dit que telle âme est entourée d'enfants, s'en occupe ou que des enfants partis se retrouvent entre eux, de qui s'agit-il ? Quelles sont ces âmes ? S'ils ont besoin que l'on s'occupe d'eux, ils ne peuvent pas aider ! Comment se fait la différence ? Je pensais que tous les enfants avaient la même évolution !

Bien sûr que non. Toutes les âmes qui s'en vont dans leur jeunesse n'évoluent pas de la même façon. Pour beaucoup, partir à cause d'une longue maladie, en souffrant, c'est déjà accepter de vivre un passage très lourd sur terre. Ces âmes élevées, durant leur maladie, se montreront d'un courage exceptionnel et, arrivées de l'autre côté, retrouveront leur ouverture. Leur temps de repos est court pour qu'ils puissent aider au plus vite ceux qu'ils aiment. Quant aux petites âmes au parcours terrestre très bref et qui partent accidentellement, leur choix de s'en aller tôt n'est pas forcément le signe d'une grande évolution. Elle est pure, c'est évident mais peut bénéficier d'un laps de temps avant de poursuivre son évolution. Elle sera prise en charge par une autre âme qui s'occupera d'elle. Elle restera dans cet état de petite enfance le temps de se régénérer. J'insiste sur un point : la durée n'étant pas descriptible, tu le sais, ce sera juste un moment passé à se dégager de la brutalité du départ. Très vite, l'âme reprendra son énergie et sa vraie conscience sans rester bébé ou petit enfant puisque ces états-là n'appartiennent qu'à la terre. En revanche, les âmes comprennent qu'elles ne pourront se montrer aux parents que sous les apparences de l'enfant qu'elles étaient. Que leur petit soit une âme évoluée ne correspond pas à leurs concepts terrestres.

Pas facile, mais si clairement dit !

Oui, sur la terre, vous avez besoin de vous représenter les choses, n'est-ce pas ? D'où la difficulté à vous faire admettre une autre vie après. L'homme qui ne voit pas une concrétisation de forme est incrédule. Des parents qui perdent un petit bout de chou de trois, quatre ans ne peuvent pas et ne veulent pas imaginer qu'il est une vieille âme. Ils s'inquiètent car, dans leur esprit, leur enfant doit être aidé parce qu'il est petit.
C'est un sentiment normal, tellement humain ! Leur enfant reste ce

qu'il était et non une âme à part entière qui n'a plus besoin de boire ou de manger. Ils ne peuvent réaliser que cette âme évoluée, durant sa courte incarnation, a repris le processus de la vie terrestre en commençant bébé. Derrière l'apparence était une âme déjà avancée. Tu comprends la nuance ? Le petit enfant qui s'en va aura besoin d'une transition pour lui permettre de se dégager de cette enveloppe terrestre et de reprendre son évolution d'âme.

Ce que vous appelez la vraie naissance.

Exact. Prends le bel exemple de la chenille dans son cocon. Sur terre, l'être est enfermé dans sa chrysalide, dans son corps. Lors de son passage, il devient papillon. Il déploie ses ailes et devient libre. L'âme a retrouvé sa force pleine, sa compréhension, son évolution. Pour l'adulte parti, la transition, la transformation vont se faire pendant le temps de repos alors que pour un enfant qui ne doit se défaire d'aucune laideur, la renaissance a lieu dès son départ.

Si je m'exprime en termes terrestres, tu veux dire qu'un adulte ne sortira pas de l'état d'humain avant plusieurs mois, alors qu'un enfant se débarrassera de son enveloppe dès son passage ou très peu de temps après pour reprendre le cours de son évolution.

Absolument. Les parents accepteront d'entendre des messages lumineux de leurs enfants, mais en les imaginant petits. Donc, un message vous disant qu'une entité est entourée d'enfants, est celui d'une âme qui accueille par choix des petits qui viennent de passer pour les aider à leur transformation en âme neutre. C'est tout. Dans votre temps, c'est intraduisible. La transition vous semble avoir lieu sur des années alors que, si nous pouvions établir une comparaison, nous vous dirions qu'il ne s'agit que de quelques secondes.

Qu'est-ce qu'une âme neutre ?

C'est ce dont nous venons de parler. Des êtres partent bébé, enfants, ados, tout jeunes adultes, puis adultes mûrissants, seniors et vieillards. En somme, à toute étape de la vie. De l'autre côté, l'âme n'a plus d'âge, mais des degrés d'évolution. Après le temps de repos, l'âge terrestre n'a plus d'importance. Une personne partie à quatre-vingts ans peut se montrer à ses proches à cet âge-là, à vingt ans ou à quarante si elle le désire. Elle prendra l'apparence qu'elle souhaite. Certains pensent qu'une personne partie à vingt ans va continuer de vieillir. C'est faux, puisque chez nous la notion de jeunesse ou de vieillesse n'existe pas. L'âme n'a pas besoin de ces considérations sauf si elle doit se montrer. Elle se matérialisera à l'âge où ils la reconnaîtront le mieux. Nous sommes ici âmes neutres. Nous parlons de notre parcours terrestre comme d'une expérience si courte qu'après un certain « temps », se souvenir de l'âge de notre départ devient flou.

Tu t'exprimes souvent en parlant du temps, alors qu'il n'existe plus chez vous. C'est pour que je comprenne ?

Oui, car nous retrouvons cette notion dans quantité de vos expressions : un certain temps, pas le temps, un laps de temps… Juste une façon de parler pour te faire comprendre. Je crois que c'est la chose la plus difficile à expliquer : de la plus tendre enfance à la vieillesse cette notion existe pour tout. Il est difficile pour vous d'imaginer comment vivre dans l'au-delà sans ce repère du passé, présent et futur qui ne font qu'un. En arrivant parmi nous, vous le concevez. À cela aussi sert le temps de repos, passage primordial pour que l'âme se détache de ses habitudes terrestres, sans raison d'être ici. Moment très délicat lorsque nous sommes en contact avec vous, en direct, ou en passant par un médium et que l'être nous pose une question en rapport avec le temps !

Mais comment arrivez-vous à répondre ?

Nous vous dirons : c'est imminent, pour nous c'est déjà fait. Bientôt ou pas tout de suite. À travers ces différents mots vous pourrez vous situer dans votre temps.

Parfois, à une question posée, vous répondez que la situation est déjà réglée. C'est-à-dire ?

Le Guide nous montre que le problème que vous traversez est déjà réglé ici, que vous allez y arriver. D'ailleurs nous voyons déjà votre vie après. Mais je tiens absolument à redire que nous n'avons pas accès à tout. C'est impossible. Les Guides ne nous montrent pas ce qui va se passer pour vous et nous ne sommes pas toujours en mesure de répondre à vos interrogations.

Oui je me souviens que vous n'êtes pas autorisés à tout nous dire…

Bonne nuit ma fille.

24 août 2006

Un malade a-t-il la possibilité de vous voir, vous entendre ou faire des allers-retours entre vous et nous avant son départ ? Et une personne dans le coma ?

Tu me demandes si un humain gravement malade peut nous rejoindre avant son arrivée définitive ? C'est nous qui venons le voir. Une personne inguérissable et condamnée par la médecine est une âme qui va bientôt arriver et nous le savons. Se présentent alors deux possibilités : soit elle s'est déjà intéressée à l'au-delà et croit en la survie de l'âme, soit elle ne s'est jamais posée la question. Dans la première éventualité, nous pouvons lui envoyer des pensées en rapport avec notre monde, dans la seconde, c'est plutôt un apprentissage que nous devons lui inculquer.

Comment faites-vous ? Et que ressent la personne en partance ?

C'est variable. Un être arrivé dans la phase critique où ses jours sont comptés a des moments d'absence de plus en plus fréquents ; le sommeil l'emporte sur le temps d'éveil. Là nous intervenons. Peu à peu, nous nous présentons à lui, en le menant vers ceux qu'il aimait et qui sont parmi nous. Le Guide va lui montrer un état futur moins pénible, un futur vers la Lumière. La personne doit s'en souvenir à son réveil, pour ne plus souffrir moralement à cause de ce qu'elle doit quitter. Souvent, elle pense avoir fait un beau rêve, alors que les aimés sont dépêchés sur terre pour rester auprès d'elle. Fréquemment, les malades voient un parent décédé, assis dans le fauteuil à côté d'eux. Ce n'est pas du délire comme on l'entend si souvent. Le délire, c'est de ne pas croire et de ne pas comprendre que le malade développe alors une faculté ultra-sensorielle : son champ de conscience commence à s'ouvrir et ses perceptions augmentent.

Ni tout à fait sur terre ni encore chez nous, il a la possibilité d'accéder à d'autres visions. Pour l'initié, c'est une évidence : il se mêlera à nous dès que possible pour se ressourcer et trouver du bien-être. Pour l'incroyant le champ de conscience s'ouvrira peu à peu, mais dès son réveil, il ne se souviendra de rien. Il pensera avoir rêvé.

Comment réagissent les proches ?

Différemment. Ce qui est encore important pour l'entourage ne l'est plus pour le malade, conscient de sa mort imminente. Lui mentir est inutile. Il a besoin d'en parler, car ses jours sont comptés. Les siens refusent son départ mais il n'y peut rien. Ses centres d'intérêt ne sont plus les mêmes. Il n'a plus de temps à perdre. Il désire à ses côtés ceux qu'il aime. Profiter des joies de la vie d'avant n'a plus d'intérêt. Les proches vont essayer de faire en sorte que le mourant soit bien, selon leur point de vue. Or, l'âme sait déjà que tout est inutile et demande juste l'essentiel : revoir ceux qu'elle aime. Cette phase d'agonie est complexe, car chaque malade la vit différemment, suivant ses croyances et son état. La plus grande sincérité s'impose et nier l'évidence ne facilite pas toujours le départ. Quelle tristesse pour le malade de constater que les siens n'admettent pas la vérité ! Ils lui refusent l'abandon à une vie plus douce. On ne veut pas se séparer de lui, malgré son état de déchéance physique et morale, même si leur départ est une délivrance. Et ce, au nom de l'amour.

Pourquoi me demandes-tu de ne pas mettre de A majuscule à amour ?

Dans ce cas-là, l'amour n'est pas réel, mais qu'égoïsme. Le proche refuse le départ car il n'aura plus sa raison d'être : s'occuper de son malade ! Il appréhende l'après et la solitude. C'est humain et pas condamnable ! L'Amour vrai comprend que l'autre souffre tant qu'il a atteint ses limites. Le plus beau cadeau est de laisser partir, en oubliant son propre chagrin. Sur terre, c'est très difficile !

Pourquoi les personnes malades et accompagnées jour et nuit choisissent-elles l'unique moment où elles sont seules pour s'en aller ?

Je rectifie : elles ne choisissent pas leur départ, nous choisissons pour elles. Lorsque le Guide sait que le malade nous rejoint bientôt, il demande aux âmes proches de se rendre aux côtés de l'être en partance pour l'accompagner lors du passage. Durant la maladie, les aimés disparus vont vers le malade, puis repartent vers d'autres plans, font des allers-retours. À l'approche du départ, ils sont prêts pour accueillir leur cher malade. Le Guide, lui, sait à quel moment le passage va se faire et accompagne le souffrant en lui montrant vers quoi il s'envole. Je te parle des derniers instants. Crois-tu qu'il est aisé pour le mourant de suivre le Guide, alors que ses aimés sont à son chevet ? Même s'il ne s'agit que d'une seule personne, son conjoint, son enfant ou l'un de ses parents ! Crois-tu qu'il soit aisé de passer en se séparant des siens ? Sa lucidité est totale. Il sait.

Non, bien sûr. C'est l'ultime épreuve.

Oui et voilà pourquoi le Guide fait s'éloigner les proches pour de multiples raisons, afin que le malade s'en aille apaisé parce que seul. Alors il sera plus facile de lâcher prise. Ceci ne concerne que les départs dus à la maladie car, pour l'accident ou la crise cardiaque, le passage est inattendu et souvent, tout du moins pour les accidents, les aimés sont loin. À leur arrivée, le départ a eu lieu. Si de grosses blessures et un état critique retardent la mort, les proches ont le temps de venir. Alors interviendra le même processus que celui dont nous venons de parler.
Je voudrais préciser que des âmes, auprès des Guides, ont choisi comme mission d'aider ceux qui passent ou sont dans le coma. Ces « activités », nous pouvons les demander lorsque nous choisissons ce que nous voulons faire.

Et une personne dans le coma ?

C'est une attente, une réflexion, un état de passage latent, un bilan de vie entre les deux mondes. Du côté de l'au-delà, la personne voit son Guide, capte ses pensées. Du côté de la terre, elle voit et entend ce qui se passe autour d'elle, dans sa chambre, y compris les diagnostics des médecins! Il est donc capital de ne pas dire n'importe quoi. Sur les deux plans à la fois, elle ne souffre pas des douleurs physiques de son corps s'il y a eu accident. Dans cet état d'attente, le Guide va l'accompagner sans cesse. N'étant pas encore une âme, va s'opérer un choix de destinée que seuls la personne et le Guide vont décider : soit rompre son parcours terrestre, passer et être délivrée de ses souffrances et commencera sa vraie vie soit continuer le chemin sur terre où un parcours est à réaliser, à comprendre et elle devra réintégrer son corps avec toutes les conséquences que cela engendre : la souffrance physique intense, mais aussi – plus grave et déroutant – le réapprentissage du langage, de la marche, des gestes quotidiens. Certains acceptent de réintégrer leur corps en état végétatif. Ils ne seront plus actifs dans leur vie et, devant l'insupportable, auront la possibilité de tout arrêter.

Que veux-tu dire par la possibilité de tout arrêter? L'âme peut choisir de ne plus poursuivre ?

Oui, l'état végétatif est proche du coma et le contact avec le Guide permanent. Ce sont des choix lourds de conséquence pour la personne concernée mais aussi pour les proches qui s'occupent d'elle. Elle aura perdu ses facultés morales ou physiques ou les deux. Plusieurs destinées seront concernées après la décision de la personne et de son Guide. Revient alors la notion du choix de vie fait avant de venir, et pour celui qui est dans le coma, et pour celui qui va l'aider. Mais nous n'allons pas rentrer dans ces considérations-là cette nuit.

Dans le coma, nous avons donc le choix ?

Nous avons toujours le choix.

Mais si cela fait partie de la destinée, il n'y a plus de choix, puisque c'est déjà écrit ?

Et que fais-tu de ton libre arbitre ? Tu peux changer à tout moment, prendre une autre direction ! Considère une personne dans le coma devant la possibilité de revenir sur terre ou de passer : elle a choisi cette situation avant de naître. Avec son champ de conscience élargi, elle a peut-être opté pour revenir et subir toutes les souffrances physiques ou morales. Dans le coma, elle peut faire fonctionner son libre arbitre et décider de passer, parce qu'elle ne se sent pas prête. Son retour dans son corps lui est insurmontable. Son champ de conscience est limité, comme sur terre. Elle ressent ce que sera sa vie, si elle revient. Elle pourra choisir de ne pas faire jouer son libre arbitre et acceptera de revenir sur terre, pour être près de ceux qu'elle aime ou pour toute autre raison.

Dans ces moments-là, quel est le rôle du Guide ?

Il sera là pour lui montrer ce qui va se passer dans les deux cas. S'il l'oriente vers une solution, la personne ne sera pas tenue de suivre ce conseil. Ce sera son choix et uniquement le sien.
Nous évoquerons, la nuit prochaine, l'importance de parler de la mort avec un malade qui va s'en aller.

Bonne nuit ma fille.

25 août 2006

Lorsqu'un proche s'en va, il est important, m'as-tu dit, de parler de la mort avec lui.

C'est essentiel. Le mourant a besoin qu'on le rassure. Quelle angoisse de traverser cette épreuve inconnue en solitaire ! Et cet événement ne concerne que lui ! Cette fois-ci, unique dans son existence, il ne peut partager le moment avec quiconque car lui seul va mourir. Cette situation qu'il ne maîtrise pas l'angoisse. Que se passe-t-il dans la tête d'un être en partance les derniers mois de sa vie ? Les autres restent et lui s'en va. En parler dédramatise ce moment, le rend plus acceptable, plus humain.

Cette angoisse affecte-t-elle celui qui ne croit pas en l'au-delà ou est-elle ressentie par tout le monde ?

Qu'il sache qu'un au-delà existe ne l'empêche pas d'angoisser au moment de son propre départ. Et plus encore s'il ne croit en rien. Dialoguer avec lui, c'est essayer qu'il se sente moins seul. Surtout, ne pas minimiser l'importance de ce moment ni se montrer détaché. Ne pas dire, en réponse aux confidences : je n'ai pas le temps, je dois préparer le dîner, faire les courses, ou une autre excuse futile qui ne le concerne plus. Il est déjà hors du réel. Parler avec lui, c'est l'écouter, apaiser sa peur face à l'inconnue qui a nom la mort et dont il ignore l'heure de la venue. C'est accueillir ses joies, mais aussi ses peines et ses regrets de ne pas avoir prononcé certaines paroles ou fait certains actes. C'est entendre son désir de se réconcilier avec ceux dont il s'est éloigné. Prendre du temps avec un mourant, c'est recevoir une leçon de vie qui fait avancer l'évolution, une leçon de sagesse qui rend humble et montre combien, à ce moment-là, l'humain relativise et ne garde que l'essentiel.

Et si le mourant évoque l'après-vie ?

Il arrive forcément qu'il pose des questions sur l'autre monde. Et s'il n'en parle pas, pourquoi ne pas évoquer ce sujet capital ? Toutefois, devant l'être conscient de sa mort, il ne doit pas être abordé de n'importe quelle façon. À bannir les grossièretés telles que : « Tu devrais être content, tu vas retrouver les tiens, tu vas bien t'amuser » ou pire encore : « tu deviens un poids pour ton entourage » ! Je t'assure que ces indélicatesses existent, dont voici le summum : « pourquoi ne crois-tu pas en l'au-delà, tu le fais exprès » ?
Il faut s'interroger sur l'après-vie et amener une discussion – même en étant convaincu – pour permettre au mourant de sentir que l'on s'intéresse à ce qui lui arrive et qu'il n'est pas seul face au grand saut. On peut suggérer qu'il va peut-être revoir des proches, lui permettre d'entrevoir la lumière dans cet horizon sombre. Et si c'était vrai, pense-t-il. Et s'il allait retrouver ses morts ? Peu à peu va s'instaurer une confiance qui l'amènera à se libérer et le rassurera quant à cet après. Ne dites-vous pas qu'en parler atténue la peur ?

Son passage en est-il facilité ?

En parler sans insistance améliore sa compréhension, et ce dès son passage. Il sera moins surpris. Son temps de repos s'en trouvera facilité, car il ne se demandera ni où il est ni ce qui se passe. De plus, si le mourant devenu âme règle ses différends humains, il se libérera des lourdeurs de sa vie. Restera à le déshabiller de ses vibrations de maladie pour le revêtir de son habit de lumière.
Par contre, il est préférable de ne pas chercher à convaincre celui qui n'est pas prêt, et qui a le droit de refuser son départ. Le bousculer, le tourmenter est inutile. Lui laisser prendre son temps est essentiel, même compté. Il ne sert à rien de s'exaspérer devant la non-acceptation du malade. C'est son choix.

Ce choix vient-il d'un manque d'ouverture d'esprit ?

Effectivement la personne n'est peut-être pas suffisamment évoluée. Dommage mais son chemin est à prendre en compte. J'insiste pour que tu parles de ce sujet dans ton ouvrage car avant toute considération, il faut respecter le bien-être moral de celui qui s'envole. C'est le premier point.

Et le deuxième ?

Quand le départ est accepté, quels sont les derniers souhaits du mourant ? Une cérémonie religieuse ? Qui doit y assister ? Quels textes veut-il entendre ? L'âme nouvellement arrivée est encore attachée à ces détails. Réaliser ses désirs posthumes, c'est l'apaiser.

Oui, je comprends. J'ai vécu ces dispositions funèbres lors du départ de mon amie Denise.

Quel exemple de départ organisé ! Souviens-toi qu'en préparant l'après, elle vous a aidés à faire votre deuil. Elle te le disait et c'est vrai. Peu de gens le préparent ainsi alors que tout le monde devrait y songer, à condition d'être ouvert à l'autre vie, bien sûr.

Voilà pourquoi j'ai tenu à en parler au début. Je n'avais plus de chagrin…

…mais de la peine, plus de vide mais de l'absence et surtout l'espoir qu'un jour tu la retrouverais. Tu vois combien un départ préparé peut faciliter l'après-vie des deux personnes concernées : celle qui s'en va se dégagera plus vite, celle qui reste appréhendera la mort autrement, verra qu'elle est un passage vers une dimension nouvelle. Dimension qui n'empêche aucunement de continuer à communiquer ! Parler du départ c'est entrouvrir avec délicatesse la porte de la sérénité.

Bonne nuit ma fille.

26 août 2006

Nous ne pouvons pas parler avec ceux qui s'en vont brutalement. Qu'en penses-tu ?

Il est clair que là, c'est impossible. En revanche, je voudrais t'expliquer l'importance du comportement de ceux qui restent après certains départs. Prends le cas d'un suicide. Pendant des décennies, voire des siècles, l'église nous a fait croire qu'un suicidé était maudit à jamais. Par bonheur, grâce à leurs messages, vous avez pu comprendre qu'il n'en était rien. Mais il est indéniable que cet être-là va passer par des phases peu agréables. Nous ne jugeons pas, tu le sais, mais son âme va prendre conscience de l'acte qu'elle vient de commettre, de l'interruption du chemin de vie qu'elle avait choisi. L'acceptation n'est pas toujours facile et parfois l'âme nécessite l'aide de son Guide. Son temps de repos sera plus long que celui des autres. Elle devra parvenir à se détacher de la violence qui a interrompu son parcours. Un exemple : imagine un jeune qui fait des études très difficiles. Il travaille dur, passe par des moments de doute, d'énervement et, proche de l'examen final, abandonne. Lors des résultats, il s'aperçoit qu'il aurait pu répondre à tout. Que se passe-t-il dans sa tête ? Il ressent de la culpabilité, mais c'est irrattrapable. Le processus est le même pour le suicidé, en beaucoup plus fort.

Tu veux dire qu'un suicidé a du mal à se pardonner car il prend conscience, de l'autre côté, qu'il aurait pu surmonter son épreuve ? Hélas, son geste est irréversible.

Oui, et en outre il existe plusieurs causes de départs provoqués, mais nous n'allons pas les énumérer ce soir. Chaque suicidé ne vit pas son acte de la même manière. Tout dépend du motif. La réaction des proches sera capitale. L'âme qui vient de mettre fin à ses jours, encore près de la terre, va essayer de communiquer avec les siens, pour qu'ils sachent qu'elle vient de comprendre son geste. Entendre ses proches répéter : « pourquoi m'a-t-il fait ça ? Pourquoi ne m'a-t-il rien dit ? » est très éprouvant et ajoute à son regret. Il a suffi de quelques secondes de désarroi pour que la pensée qui lui avait effleuré l'esprit devienne l'évidence, la seule solution. Que les proches cherchent à comprendre puis culpabilisent en se demandant ce qu'ils auraient pu faire est encore plus difficile pour l'âme. Si elle avait abordé l'après-vie sur terre, elle aurait compris combien serait difficile et compliqué le choix d'interrompre son parcours.

Pour certains, la vie est si lourde que rien ni personne ne peut empêcher cet acte.

C'est vrai. Un suicide, c'est interrompre un choix de vie, trop dur par rapport à votre seuil de tolérance. Parfois, les Guides vous disent que vous avez mis la barre un peu trop haut !

C'est-à-dire ?

L'âme, avant de naître, nous en avons déjà parlé, choisit un parcours de vie très difficile, car son champ de conscience élargi ne prend pas en compte le fait qu'à son arrivée sur terre sa conscience ne sera plus la même. Sa vie lui paraîtra donc insoutenable et elle ne pourra la supporter dans sa totalité. En conséquence, elle préférera l'interrompre, en ne la vivant pas jusqu'au bout. Aucun jugement n'est à émettre, aucun. Ne jamais en vouloir au défunt, car c'est déjà assez compliqué pour lui. Il ne doit pas ressentir la rancœur des siens à qui il ne peut plus expliquer son geste.

Peut-on parler d'autres départs ?

Oui, je voudrais te parler des départs des fœtus, de la fausse couche et de l'avortement.

Quelle différence pour l'au-delà ?

Elle est énorme. Pour un avortement, c'est la maman qui, pour maintes raisons, décide de ne pas garder le bébé. Là non plus le jugement n'a pas sa place. Consciente de la difficulté, la future maman préfère laisser partir son enfant, de crainte qu'il ne soit malheureux. Vu d'ici, c'est un parcours de vie établi qui s'interrompt.

Peux-tu approfondir ?

Une âme a choisi de s'incarner dans cette famille et va intégrer le ventre de cette maman.

Pourquoi cette femme-là ?

Tous les paramètres de ce qu'elle doit vivre sont réunis dans cette famille. Que la maman interrompe la grossesse oblige la petite âme non encore intégrée dans le ventre, mais destinée à celui-ci, à changer de cap pour aller vers une autre famille avec laquelle elle pourra accomplir son chemin terrestre. Cela peut prendre du temps, avant qu'elle ne trouve une nouvelle maman pour naître. Et une fois encore, ne jugez pas la mère, c'est son choix.

Et la fausse couche alors ?

C'est différent. La petite âme se rend compte, au dernier moment, qu'elle n'est pas prête pour ce parcours terrestre choisi. Elle préfère interrompre le processus de la grossesse, stopper son expérience sur terre. Plusieurs raisons sont possibles. Soit elle voit que sa maman traverse une période difficile, qu'une naissance va la plonger dans de graves problèmes et, la maman n'ayant pas le courage ou la volonté d'interrompre sa grossesse, c'est la petite âme qui le décide pour la soulager, soit elle ne se sent plus capable d'assumer la vie qu'elle a choisie, avec ses lourdes épreuves et préfère renoncer, n'étant pas prête à affronter. Les deux cas diffèrent. Tant de fois les parents culpabilisent en se croyant responsables d'une fausse couche alors qu'ils n'y sont pour rien. Le choix de la petite âme est à respecter et cela n'empêchera pas une nouvelle naissance dans ce foyer. Cette petite âme qui aurait dû s'incarner dans le ventre de la maman reste près d'elle, la protège pendant le reste de sa vie et l'accueillera lorsqu'elle nous rejoindra. Un lien très fort unit ces deux âmes. Celle qui a infligé une souffrance à sa maman en interrompant sa grossesse reste en protectrice. Les liens sont encore plus forts ainsi ! Mais la femme n'en a pas toujours conscience. Et même s'il lui arrive de penser au bébé perdu, la maman ne comprendra cette complicité qu'en arrivant de l'autre côté.

Bonne nuit ma fille.

27 août 2006

Et si nous parlions de la mort cette nuit ?

Mais nous ne faisons que ça depuis le début !

Non, pas vraiment. La mort intervient rarement au moment opportun. Trop tôt ou trop tard. Vous croyez qu'elle n'a pas le bon rôle, mais êtes-vous conscients de la teneur de vos propos ? Avez-vous pensé que la mort est un des moments les plus importants de votre vie ? Selon votre vision, seule la naissance vous réjouit…

Normal, c'est merveilleux un bébé qui vient au monde !

Merveilleux as-tu dit ? En quoi ? Ce petit être, blotti neuf mois au chaud, doit sortir du ventre nourricier et protecteur pour subir l'agression du froid, du bruit, de la lumière. Penses-tu qu'il soit agréable de traverser ces épreuves dès la naissance, et parfois pendant des heures ? Et pour voir le jour comme vous dites. Ne serait-il pas plus juste de dire : il vient de naître sur cette terre qui va lui apporter de nombreux problèmes. Cet enfant est là, avant tout, pour mettre en place son parcours choisi avant de s'incarner. Parcours jalonné d'épreuves à surmonter. De l'éternité, de l'infini, il vient de régresser dans un monde où le temps existe, où chaque seconde représente un mode de fonctionnement nouveau auquel il devra s'adapter. Naître, c'est entrer dans un monde peu lumineux et semé d'embûches.

Pas très réjouissant tout ça ! Je comprends quand tu compares avec l'au-delà, mais la vie sur terre est quand même belle !

Bien sûr qu'elle est belle et qu'elle vaut la peine d'être vécue ! Je t'oppose ce que l'homme voit en la naissance et en la mort et ce que nous percevons du parcours terrestre et du passage.

Je dis simplement que l'être humain ne redoute jamais une naissance qui pourtant fait souffrir.

Ce qui provoque la mort peut faire souffrir aussi !

Oui, mais le passage est le plus doux possible. L'âme va vers un monde de lumière où violence, haine et méchanceté sont exclues. Où la souffrance n'a plus cours et où le temps devient éternité. Chez vous la renommée de la mort est exécrable, alors quand elle fait irruption, c'est catastrophique. Enfin je parle suivant la croyance du pays dans lequel tu vis car, ailleurs, il peut en être autrement et c'est tant mieux. Souvent, vous la redoutez et la craignez. Te rends-tu compte à quel point vous fonctionnez à l'envers ? Prends-tu conscience que préférer être sur terre, c'est ne pas comprendre pourquoi on s'y trouve ? Un départ devrait être une réjouissance, une libération de ses chaînes. C'est cela la mort. Être dégagé de toute contrainte et revenir vers la vraie vie. Souhaiter la mort d'une personne âgée, c'est lui vouloir du bien. Non pour partir en vacances sans entrave ou pour hériter ! Seulement si la personne est diminuée et sans intérêt pour l'existence, en souffrance et fatiguée. Elle renaîtra à la vraie vie, sera déshabillée de son enveloppe charnelle et continuera son évolution sans limites. Car en fait sur terre, il y a tant et tant de restrictions !
Pour le malade, c'est identique. Vous ne pouvez pas lui souhaiter de rester sur terre car vous connaissez les souffrances qu'il subira avant sa libération. À propos des malades, nous vous entendons dire parfois : il a été emporté en six mois d'un cancer foudroyant. C'est une grâce, ma fille. Ainsi, lui est ôté le temps de l'agonie, cette phase terminale où les souffrances ne peuvent pas toujours être évitées. Vous regrettez que cela soit si rapide ! Ce n'est ni un reproche, ni un jugement, mais la constatation de la non-compréhension de ce qu'est la mort pour vous, le passage pour nous. Tout décès implique chez vous d'être triste, de plaindre « le pauvre » qui vient de passer.

C'est parce que nous aimons la personne !

Non, au risque de te choquer, c'est la preuve d'un égoïsme considérable ! L'homme pense à lui : la personne lui manquera, il ne la verra plus, ne l'entendra plus, tout au moins selon l'entendement humain. Il se sentira seul, désemparé et pleurera. Mais il pleurera sur lui, et non sur celui qui est parti. Il pleurera sur des souvenirs, sur des moments passés qui ne reviendront plus, c'est sûr, mais du vivant de cet être, ils ne seraient pas revenus non plus ! D'ailleurs, quelqu'un qui s'en va devient merveilleux et les souvenirs partagés avec lui sont extraordinaires. Les hommes ont une grande capacité à gommer ce qui a pu être mauvais. Pourtant le mort garde ses défauts dans un premier temps !

C'est plutôt positif, non, sans être dans l'exagération bien sûr !

Oui, ça a le mérite d'ôter du cœur toute forme de rancune sauf dans certains cas. Il faudrait se réjouir d'un départ et bannir l'égoïsme. Ne voir que le côté libérateur pour le partant. Hormis le cas des parents qui perdent un enfant, car même si pour lui c'est aussi une libération, le cœur d'une maman ne peut en aucun cas admettre ce départ, sauf peut-être lors d'une maladie et de grandes souffrances. La tristesse qui ravage la maman est facile à comprendre, émouvante vu d'ici. Son amour est pur, vrai, il l'unit à son enfant. Il crée une telle douleur quand les deux êtres sont séparés ! Une maman ne fait qu'un avec lui, et lorsqu'il part, elle a l'impression qu'on lui retire une partie d'elle-même. Voilà pourquoi les enfants portent les parents lors de leur départ. J'évoque la maman car bien souvent le père réagit avec douleur aussi, mais différemment. En dehors de ces départs-là où le passage reste inexplicable, intolérable, insoutenable pour les parents, la mort c'est accepter que l'être soit dégagé de son expérience terrestre. Il revient à sa véritable essence et reste à nos côtés pour l'éternité.

Tout le monde ne vit pas dans la souffrance ! Certains sont heureux et n'ont pas envie que cela cesse !

Certains, il est vrai, ont une vie simple et harmonieuse, sans grand souci et dans le confort. Cette routine est rassurante. Mais s'ils le souhaitent, ils pourront la retrouver de l'autre côté puisque nous avons le choix d'évoluer à notre gré.
Pour en revenir à la mort, il suffit de regarder vivre une personne ayant vécu l'expérience temporaire de la mort pour constater qu'elle a enfin compris ce qu'est le passage.

Ah oui, ce sont des personnes qui ont vécu, après un accident ou un malaise important, une mort clinique, que l'on appelle aussi N.D.E. Puis elles sont revenues à la vie. À peu près toutes se souviennent qu'elles sont passées dans un tunnel, avec une lumière au bout et certaines ont retrouvé des êtres de leur famille déjà dans l'au-delà.

C'est tout à fait ça. Donc, la personne ne redoute plus le passage, sait ce qu'elle a vécu et ne voit plus la vie de la même façon. Elle ne se soucie plus des broutilles qui gâchent l'existence, et ne cherche plus les disputes inutiles qui vident l'énergie. Elle va à l'essentiel et quel est-il ? L'Amour. Après une mort clinique, comme tu dis, elle change radicalement de vie. Elle a compris qu'il n'y a pas de temps à perdre, se tourne vers autrui, est davantage à l'écoute, voit comment elle peut aider. Elle a compris la différence entre les deux mondes : la terre, expérience nécessaire pour évoluer, passage obligé pour se retrouver dans l'autre monde, l'éternité. La mort, n'est qu'un rideau séparant une pièce d'une autre, en l'occurrence la terre de l'au-delà.
Le passage est aussi doux que de passer de l'état de rêve à l'état d'éveil.

Bonne nuit, ma fille.

28 août 2006

Dans l'au-delà, comment voyez-vous l'amour sur terre ?

L'amour… En voilà une belle question ma fille ! Je vais pouvoir te donner quantité d'exemples, le premier étant ce que nous faisons durant ces nuits où nous parlons ensemble, chacun dans son monde. N'est-ce pas l'amour qui nous unit ? L'amour entre un père et sa fille et sa persistance à travers l'éternité ? Amour jamais interrompu, universel, il est une vibration qui magnifie tout.

C'est vrai. Que d'émotions pendant ces nuits. Quels sont les autres exemples ?

Et bien, lorsque tu regardes un paysage, si tu es énervée, agacée, tu n'y prêteras pas attention. Si tu l'appréhendes avec amour, il prendra un sens tout autre. Tu découvriras la beauté qui s'en dégage, tu en observeras les couleurs, tu prendras le temps de le contempler. Si lorsque tu es amoureux, tu découvres ce même panorama, sa beauté emplira tes yeux de larmes. Pourtant il sera le même. Seul ton regard porté sur lui aura changé grâce à l'amour qui est en toi. Et tout ce que tu regarderas ainsi sera transformé. Ah l'amour, vaste sujet dont nous parlerons plusieurs nuits de suite…

Tant mieux, c'est si agréable d'en parler !

L'amour, vibration mise sur terre à la portée de tous, n'est pas uniquement réservé à l'homme. Il se trouve dans chaque être vivant sur cette planète, et dans toute forme de vie. Chaque animal, fût-il féroce, donne de l'amour à sa femelle et à ses petits ! As-tu déjà observé l'amour dans les yeux d'un chien qui regarde son maître ? Dans ceux d'un chat, indépendant certes, mais qui saura se blottir sur les genoux de son protecteur ? Vois-tu la complicité entre un cheval et son cavalier ?

Je pourrais te citer d'autres d'animaux qui, même sauvages, sont transformés par l'amour.

Chez l'homme, il transforme la vie en soleil. Un proverbe dit : « souris à la vie et ta vie sera belle ». Si tu te réveilles en l'aimant, tes soucis seront là, mais tu les appréhenderas autrement. Si tu es triste, tu t'entoureras de vibrations sombres qui t'alourdiront, tu te traîneras et rien de bon ne t'arrivera. Un réveil dans l'amour te charge d'une force qui te rend plus calme et plus serein. Lors d'un rendez-vous avec une personne peu aimable, si tu t'énerves, et lui envoies des pensées négatives, l'entrevue se révélera infructueuse. Mais si tu lui adresses des pensées d'amour, tu désamorces sa méchanceté et le dialogue peut s'ouvrir.

Quel est l'amour le plus fort ?

Celui d'une maman pour son enfant est l'un des plus purs.

Pourquoi ?

Tu le sais bien ma fille, puisque tu es mère. Une maman pressent avant tout le monde qu'elle est enceinte et vit le phénomène de l'amour dès qu'elle sent son enfant dans son ventre. Avec les mois de grossesse, sa complicité augmentera. Elle ne connaît pas le petit être physiquement mais lui parle sans cesse. Puis, vient la naissance. Te rappelles-tu du miracle de ce moment ? Aujourd'hui les souffrances sont atténuées. Avant, une femme accouchait dans la douleur mais il suffisait que son bébé naisse et soit posé sur son ventre pour que tout soit aussitôt oublié.

C'est vrai. La première rencontre avec son enfant est le plus beau moment de la vie d'une femme.

Commence alors un amour sans limites. La maman veille son enfant dès qu'il est malade, le guérit de ses maux en le couvrant de baisers, est indulgente dès qu'il fait une bêtise. Vue d'ici, la relation parents-enfants est incompréhensible. L'amour n'est pas de laisser tout faire ! Seuls les parents donnent les vrais repères, enseignent le bien et le mal, apprennent à vivre. Lui céder, c'est le conduire à l'échec. Aimer, c'est aussi fixer des limites.

Vous vous intéressez aussi à ces problèmes-là ?

Oui, je sais que nous tombons dans le moralisme, mais tant de complications viennent du renoncement des parents !
L'indulgence d'une mère, que son enfant soit petit ou grand, n'implique pas de laisser faire sans rien dire. Au contraire, elle doit réagir et si dialogue il y a, elle essaiera de lui parler, de le raisonner, et quoiqu'il ait fait, au fond de son cœur et avec son amour, elle pardonnera. Voilà pourquoi l'amour d'une mère est le plus beau et le plus magique. Quant à la femme qui adopte son enfant, même si elle ne l'a pas mis au monde, elle donnera aussi un amour sans limites Combien d'enfants élevés par une nourrice, gardent avec elle des liens indestructibles ? La femme a ce pouvoir de donner l'amour sans compter, en tout désintéressement. La femme, c'est l'Amour.

L'homme a-t-il cette capacité ?

C'est différent. Il a l'amour en lui, mais ne le manifeste pas de la même façon. Cela s'explique fort bien d'ailleurs. Il préfère la notion d'éducation et son amour n'est pas sans limites. Il est merveilleux de voir l'aura qui entoure la maman et son enfant.

Et l'amour entre un homme et une femme ? Et l'amour de la nature ou de la terre, que peux-tu en dire ?

Entre un homme et une femme, il y a beaucoup à dire. Lorsqu'ils se rencontrent, l'amour devient une force et la vibration qui s'en dégage est perceptible autour d'eux. As-tu remarqué combien une personne amoureuse est vive, travaille sans s'en apercevoir et fait

des choses qu'habituellement elle n'aime pas ? Comment dites-vous : « l'amour donne des ailes ». C'est un peu cela, non ? D'un seul coup la personne est toute puissante. Et pourquoi ? Parce qu'elle est l'amour dans l'Amour. Cette vibration lui donne une force incommensurable qui la transcende.
Pourquoi l'être humain se met-il tant de barrages dus aux pensées négatives, alors qu'avec l'amour, tout devient si facile ! Vus par une personne sans amour, les soucis sont des graves problèmes insurmontables. Vus par une personne amoureuse, ils deviennent des épreuves que l'on saura dépasser ! Et l'on ne peut continuellement être amoureux, les vibrations qui se modifient au cours du temps peuvent rester très profondes si les deux êtres acceptent de traverser la vie sans se séparer au moindre problème. Et donc, si tu mets de l'amour dans ta vie, pour qui que ce soit, les difficultés paraîtront moins lourdes. Mais l'amour humain, hélas, n'atteint pas toujours l'universalité. C'est sur cela que nous allons revenir la nuit prochaine car il y a beaucoup à dire.

Bonne nuit ma fille.

29 août 2006

Quelle est la différence entre ces deux formes d'amour ?

L'être humain confond souvent les deux. La différence essentielle est que dans l'amour universel, on ouvre son cœur à l'univers, aux êtres vivants, à la nature, à la planète, sans limites, sans racisme, sans questions et surtout sans égocentrisme. On n'aime pas pour soi, on aime pour les autres.

Tu me demandes de souligner, voilà, c'est fait !

Oui, car c'est très important. Connais-tu beaucoup de personnes qui aiment de façon désintéressée ?

Comment reconnaît-on ce désintéressement ?

Prends l'exemple d'un homme qui aime une femme. Si elle le quitte et si son amour pour elle n'est pas égoïste, le seul but de cet homme sera le bonheur de sa femme, même ailleurs, même sans lui. Ça, c'est l'Amour avec un grand A. Mais, souvent, il l'aime pour lui, et n'acceptera donc pas qu'elle refasse sa vie ! Afin d'atteindre sa femme, il élèvera des obstacles pour barrer la route à un nouveau bonheur, en dépit du risque de détruire la vie de ses propres enfants. Homme ou femme, même combat perfide et sournois. Tu peux te faire avoir, comme vous dites en pensant que quelqu'un t'aime sincèrement alors qu'en fait, il n'aime que lui.

Et oui, l'autre, par le phénomène du miroir, nous renvoie une bien flatteuse image.

L'amour universel, c'est aimer sans partage, c'est donner sans rien attendre en retour, c'est vouloir le bonheur de l'autre, même si tu

dois souffrir. C'est aussi regarder l'être différent de toi avec autant d'amour que s'il était toi-même.
Car l'amour universel commence par l'amour de soi. Comment aimer l'autre si tu ne t'aimes pas? T'aimer, c'est aimer la parcelle divine qui est en toi. Tu es un maillon de l'univers, de la création, infime sans doute, mais tu en fais partie. Ne pas t'aimer, c'est renier la beauté de l'univers.

Il est vrai que c'est souvent la différence qui nous saute aux yeux!

Ces considérations-là ne sont pas du domaine de l'amour: trop gros, trop grand, trop petit, pas de la même couleur de peau, pas de mon pays, pas du même village, pas de la même région, pas de la même vallée. Ridicule! Chaque être est semblable par le cœur, rit et pleure, indépendamment de ses origines. Souviens-toi de mes propos: si tu te laisses aller à juger, tu ne peux plus aimer. Juger… Et d'après quoi? L'entendement, la conscience, la culture, l'éducation… L'amour c'est ne pas juger et savoir prendre en considération la manière dont l'autre mène sa vie. Et si ses réactions sont différentes, il n'a pas forcément tort! Chez certains, cette différence peut s'apparenter à une provocation: façon d'être, habillement… Dans ce cas, des questions s'imposent: n'est-ce pas pour être vu? Pour se sentir moins seul? Pour exister? Ne jugez pas, mais aimez l'autre, lui aussi parcelle d'univers.

Je suis d'accord avec toi sur le fond, mais dans la réalité, c'est moins évident à appliquer! Le jugement est un réflexe, pas toujours conscient d'ailleurs!

Oui, mais là où il y a jugement, l'amour n'a pas sa place.

Pourquoi?

Pourquoi? Parce que le jugement t'encercle de lourdeurs, de vibrations négatives. Dès que tu acceptes l'autre tel qu'il est, tu ouvres ton cœur et ta vie s'en trouve améliorée. D'où l'importance, chaque jour, de cette prise de conscience. L'amour embellit ta vie et te permet de surmonter les épreuves dont certaines seront amoindries car avec cette attitude positive, tu es dans la lumière et nous pouvons alors mettre une aide en place. Dans le jugement, ta parcelle d'amour se referme. Il est plus long de vous atteindre et de vous aider. L'amour est comme une fleur de tournesol.

C'est-à-dire ?

Quand vous aimez sans restriction, vous êtes face au soleil, grand ouvert, et vous en recevez les bienfaits. Quand vous êtes dans le jugement, les pétales de votre cœur se referment et vous devenez triste. Une personne aigrie, méchante et donc dans le non-amour verra son visage se fermer, ses traits se durcir. Elle deviendra sombre. En revanche un amoureux est tellement heureux qu'il aime tout le monde, refuse le jugement, comprend tout. C'est l'un des rares moments d'une telle plénitude dans la vie d'un homme.

C'est vrai.

Regarde son visage ! L'amour éclate ! Le teint est frais, les yeux pétillent, tout est ouvert. Preuve de l'amour et de ses bienfaits, non ? Crois moi la plus belle démarche d'un homme sur terre est de s'oublier pour aimer.

S'oublier pour aimer l'autre, c'est ne plus s'aimer soi-même. N'est-ce pas contradictoire ?

S'oublier, c'est oublier ce que l'on voudrait pour soi et donner le meilleur à l'autre. C'est accepter sa vision différente. Autre exemple : une mère et son enfant. Crois-tu que l'amour vrai doive la rendre possessive ? Doit-elle empêcher son enfant de s'épanouir par peur de… ? Non ainsi, c'est elle qu'elle aime. Elle a peur, et donc elle ne veut pas que son enfant prenne de risque. Elle s'occupe d'abord de son ressenti. Elle se croit dans l'amour, persuadée du bien-fondé de ses interdits. Adulte, l'enfant va prendre une direction de vie qui ne correspondra pas toujours à celle de ses parents. D'où les drames... Les parents demandent à leur enfant, devenu adulte de réfléchir et de ne pas commettre d'erreur, enfin, ce qui pour eux semble une erreur. Ils iront même jusqu'à se fâcher, claquer la porte et ne plus le voir. Pourquoi ? Parce qu'il a osé penser différemment. Parce qu'il a un autre entendement de la vie. Mais se sont-ils posés la question de savoir si malgré cet autre entendement, leur enfant ne réussira pas aussi bien qu'eux-mêmes ? L'Amour n'est plus présent, l'égoïsme et le jugement reprennent le dessus. On ne veut pas admettre le bonheur de l'autre car il n'a pas suivi un chemin identique. Il y a jugement, donc blocage. Pour tout enfant, chaque mère, chaque père devrait accepter de respecter ses futurs choix de vie. N'oublie pas qu'ils sont le moyen qu'a une âme de revenir sur terre pour une expérience d'évolution. Les parents ont le devoir d'enseigner, d'inculquer une éducation, mais en aucun cas ils ne peuvent imposer à leur enfant devenu adulte une façon de vivre : il sera devenu l'âme à part entière qui fait son choix de vie. Comment dites-vous sur terre : on ne fait pas les enfants pour soi. À méditer ! Phrase si vraie et pourtant si peu appliquée au quotidien ! ! !

Bonne nuit, ma fille.

30 août 2006

L'amour universel, c'est aimer sans restriction. Des parents peuvent-ils être dans cet amour lorsque leur enfant est enlevé, violé, tué,

Je savais que tu allais prendre cet exemple-là. Il s'agit d'un cas extrême où l'amour a été piétiné sur toute la ligne. Kidnapper, c'est ôter la liberté et s'approprier une vie. Déjà, l'amour n'est pas respecté. Violer un enfant, c'est l'abîmer, l'atteindre dans sa pureté et son innocence, lui faire du mal consciemment. Où est l'amour dans cette barbarie ?

Comment l'évoquer dans cette horreur ?

Dans votre monde, il faut essayer de désamorcer la violence en y répondant par l'amour. Mais, dans le cas précité, et même si le criminel est jugé irresponsable, il est impensable, dans un premier temps, d'espérer des parents, qui ne sont que colère et chagrin, un éventuel pardon. Parfois, ils appellent au retour du calme. Dans l'exemple donné, ils demandent que justice soit faite, sans forcément requérir la peine de mort. Je te rappelle que nul n'est autorisé à ôter la vie à son semblable. Tu dois rendre des comptes pour chacun de tes actes. Pour les parents, même si cette situation est inscrite dans leur parcours, il est normal qu'ils soient horrifiés du mal que leur enfant a subi : ils ne peuvent accepter l'inacceptable.

Mais qui peut comprendre un tel acte ?

Tu es dans l'extrême ma fille. Dans d'autres cas, l'être oublie l'amour, sans que cela soit aussi dramatique ! Et déjà dans le quotidien ! Puisque l'Amour universel, sentiment le plus simple et le plus compliqué à la fois est la méthode du non-jugement.

Reprenons l'enfant violé et tué. Les parents ne peuvent que juger l'auteur du crime !

Maintenant, repense à mon départ : un homme dans un moment d'absence m'a tué. Toi-même, tu l'as jugé puisque tu reconnais l'avoir haï pendant ton enfance. Contrairement à ton exemple, tu aurais pu rester dans l'amour universel, car il s'agissait de la défaillance d'un homme. Qui peut juger celui qui m'a tué ? Crois-moi, son jugement sur lui-même a détruit la fin de sa vie. Toi, tu étais petite et loin de ces considérations-là, mais une nouvelle fois, personne ne peut juger un acte qu'il peut commettre lui-même. Dans les cas où un être humain ôte la vie, et sauf si son âme est réfractaire à l'amour, la pire des punitions est ce jugement et cet acte en permanence devant ses yeux. Il n'aura de cesse de demander pardon. Condamné ou pas, il portera ce fardeau ! La conscience est définitivement atteinte. Il aura bien besoin de son temps de repos pour retrouver enfin la paix. Tu remarqueras que dans certains cas graves, il est fréquent qu'une personne trouve la Foi en prison. Car, à bout de culpabilité, elle s'est tournée vers l'Amour universel et a trouvé la force de se relever, sans oublier, mais en essayant de se racheter. L'être se juge sans notre intervention.

Il nous est difficile de comprendre que des actes affreux ne soient pas jugés sévèrement de l'autre côté.

L'amour est sans jugement mais chaque conscience individuelle en a un et ô combien éprouvant ! Prends l'exemple d'un acte dont tu n'es pas fière. Chacun d'entre vous porte des regrets, non ? Trahir un ami, faire du mal à ses parents, blesser ceux que l'on aime, dire ce que l'on ne pense pas, etc.. Bref, commettre l'irrattrapable. C'est inscrit dans le parcours de l'être, fait partie de son passé et ne pourra plus être effacé, sinon peut-être par des excuses. Si la pensée revient sur cet acte malheureux, que se passe-t-il ? L'être cherchera à l'enfouir tout au fond de lui car y penser est insupportable. Comment dites-vous : il ne peut plus se regarder dans une glace. Car il verra une image dont il a honte et dont il voudrait qu'elle n'ait jamais existé.

Et pourtant il sait que cette partie de lui existe !

Sa conscience juge et il ne le supporte pas. À ce moment précis, l'amour a été exempt dans sa vie. Mais ce dont je viens de te parler fait partie de l'évolution : Comment évoluer si votre vie est parfaite ? Vous êtes sur terre pour vous perfectionner, et vos erreurs sont donc inévitables. Il s'agit simplement, mais pas si simplement que cela de les analyser, de les comprendre, pour ne jamais plus les reproduire. Les schémas répétitifs sont faits pour vous faire comprendre à quel point une situation non entendue sera reproduite de façon récurrente. Vous devez donc vous orienter autrement. Chacun vit au moins une fois ce schéma. Il va vous permettre d'évoluer et de mettre l'Amour en marche. Encore une fois, nous ne vous jugeons pas mais nous vous aidons à comprendre, à continuer sans que l'auto-jugement ne vous ronge et ne vous empêche de mener à bien la suite de votre parcours. Nous avons un peu dévié de la question initiale, mais il faut retenir que l'Amour Universel c'est de ne pas juger l'autre, et accepter ses différences avec Amour. Merci de souligner.

Autre question. Lorsqu'une personne, accusée à tort, morte depuis dix, trente ou cinquante ans vient d'être réhabilitée, comment l'âme le vit-elle ? Est-ce vraiment un soulagement pour elle ou a-t-elle oublié ?

Je comprends ta question et je vais tenter d'y répondre. La réhabilitation serait importante pour l'âme si elle arrivait immédiatement après son départ pendant son temps de repos. Car elle peut mal vivre dans sa conscience le fait d'avoir été accusée à tort. Je reviens à ce dont nous avons déjà parlé, à savoir que les sentiments avec lesquels nous quittons la terre restent imprégnés au début de notre vie céleste. Elle a vécu cette injustice, a pu être condamnée, et faire de la prison à tort. Lorsqu'elle arrive, l'âme sera empreinte de cette injustice et le

Guide devra l'aider pendant son temps de repos à se défaire des lourdes vibrations terrestres qu'elle porte depuis des années, à essayer en vain de convaincre les hommes de son innocence, à affronter le regard des autres, leurs jugements et leur oubli parfois. Autant de traces à ôter et ce n'est pas aisé ! Travail ardu pour le Guide qui doit faire comprendre à cette âme que son parcours est terminé sur terre, que cette injustice résultant d'un choix prénatal, elle doit désormais s'en défaire tout en assimilant le pourquoi de ce vécu. Peu à peu, avec son nouveau champ de conscience, l'âme se détache de cette négativité. Sur terre, les dossiers sont ouverts pour sa réhabilitation. Elle ne se sent déjà plus concernée. Raison de plus si cela intervient de nombreuses années après son départ.

Heureusement qu'elle ne reste pas dans cette douleur d'injustice !

Il arrive que certaines âmes refusent d'évoluer tant que justice sur terre ne leur a pas été rendue, mais c'est exceptionnel. L'âme est dégagée depuis un « certain temps », – comment te dire autrement ? –, lorsque la réhabilitation est effective. Le soulagement est plutôt pour les proches sur terre qui se sont battus pour l'accusé à tort. Ils auront l'impression de lui rendre son honneur, mais inconsciemment c'est à eux qu'ils rendent l'honneur. Eux qu'ils soulagent car l'âme l'apprendra sans être atteinte, loin maintenant de ces considérations-là…

Bonne nuit ma fille.

31 août 2006

Durant vos missions d'aide sur terre, n'avez-vous jamais envie de revenir parmi nous ?

Mais nous sommes parmi vous ! Que veux-tu dire par là ? Redevenir humain ?

Exactement.

Comprends le processus qui régit notre monde. Arrivés ici, nous nous adaptons à cet état vibratoire. Plus de souffrance, tout est légèreté. Nous pouvons vous voir et capter vos pensées. Ces possibilités sont étourdissantes, d'où l'intérêt de cette vie nouvelle. Au sortir du temps de repos, le souhait principal est de rester près de vous pour vous aider, vous guider, comme je le fais pour toi. Pourquoi aurais-je envie de redevenir humain, puisque je peux être à tes côtés ?

Je te parle d'une âme qui désirerait redîner dans un restaurant, refumer une cigarette ou boire un verre de bon vin.

Chacune de nos envies peut être matérialisée en passant dans une autre dimension où ce qui nous plaît sera à notre portée. Difficile à décrire ! Nous ne pouvons pas regretter la terre puisque d'une simple pensée nous revivons un souvenir agréable, allons où nous voulons. Tout est illusion !

Difficile de comprendre l'illusion ! Nous, nous pouvons toucher tout ce que vous dites être illusion, chaise, table, maison, etc.

Dans la dimension où vous vivez, vous pouvez palper ces objets. Dès votre passage dans une dimension parallèle plus rien de cela n'existe. Ne reste que votre parcours, votre expérience de vie. Ne vous attachez pas au matériel car il n'est rien et peut vous être enlevé à tout moment. Regarde : lors d'un raz de marée, d'un incendie les êtres se retrouvent sans leur maison, leur mobilier, leurs affaires. Rien ne subsiste, tout redevient poussière. Seul l'homme reste debout à condition que son parcours ne doive pas s'arrêter là. Seul et dépouillé, car tout est éphémère et illusion.

L'illusion a-t-elle été proposée à l'homme pour contrebalancer son besoin de concret ?

Oui et les repères qui servent à situer vos tranches de vie dans votre espace et votre temps sont différents pour chaque existence.
Vues d'ici, ces bribes de vie sont des saynètes théâtrales. Chacune est un acte de la pièce générale de votre destinée et nous sommes spectateurs. N'as-tu jamais eu cette impression d'être reléguée au poulailler et de te voir te débattre comme si tu regardais une pièce où évoluent de minuscules acteurs ! L'illusion est parfaite.
Donc revenir sur terre serait pour une âme, ne pas comprendre que c'est une expérience de courte durée qui semble longue par l'illusion du temps. Nous en avons déjà parlé.

Plus on vieillit, plus le temps passe vite. Pourquoi ?

Tu m'amuses ! La vieillesse n'est responsable de rien. L'illusion de votre temps s'accélère actuellement pour vous qui arrivez à un tourbillon de vie où bien des choses sont à remettre en place. La Terre à qui vous faites subir des désagréments est en plein chaos avant de se restructurer. Une précipitation vibratoire modifie l'espace-temps. Tu ne peux pas comparer en temps réel une année d'il y a trente ans à une année d'aujourd'hui qui pourtant a toujours trois cent soixante-cinq jours. Son espace-temps a été modifié.

Complexe cette notion du temps !

Et bien loin de ta question ! Je précisais au début du message que, par la pensée, nous pouvons recréer tout ce que nous désirons. Toute pensée est créatrice. Ici, lorsque nous visualisons fort un endroit que nous avons aimé, nous nous y retrouvons sur le champ. L'importance de la pensée est déjà capitale sur terre. Chacune vit et aura un effet de retour sur l'envoyeur. Positive, elle sera bénéfique et apportera de belles vibrations dans la vie de son créateur. Négative, elle reviendra avec puissance sur son expéditeur. On ne le répétera jamais assez : ***la pensée est créatrice.*** *Chaque acte, chaque pensée compte. Avoir le réflexe d'en annuler une négative est primordial. Exagéré, penses-tu ? Non, crois-moi, c'est bien réel. À force de vous convaincre d'une situation, ne finit-elle pas par arriver ?*

En est-il de même pour les animaux ?

Ils fonctionnent uniquement par la pensée. Ils communiquent entre eux, mais n'ont pas la parole pour s'adresser à vous. Est-ce pour autant que vous ne les comprenez pas? Vous pouvez communiquer par le cœur, car ainsi les pensées se croisent. Entre un homme et un animal, un lien extrême va se nouer : la compréhension par un simple regard.
L'amour aura été le seul et le plus beau moyen de communication. Celui avec lequel nous fonctionnons ici. Nous recevons chaque pensée de l'être qui nous invoque. Le cœur parle. Les frontières tombent dès qu'apparaît l'Amour Universel. Chaque pensée devient lumineuse. Sur terre, l'être ressentira de la joie et sera empli de Lumière en pensant à l'aimé si, au même moment, ce dernier reçoit cette pensée d'amour et lui renvoie la même élargie de la Lumière Divine. Tu vois comme c'est simple et combien les hommes compliquent tout ! Il n'est pas nécessaire de chercher des explications obscures, de demander à des scientifiques de tout décortiquer alors que l'on parle de l'essentiel et de l'unique : l'Amour. Celui qui est dénué des travers de l'homme : niaiseries, sournoiseries, hypocrisies. L'amour à la source, celui qui ne demande aucune explication, celui qui est, et nous relie les uns aux autres ici et chez vous. Deux êtres qui s 'aiment sur terre créent un lien indestructible, même si l'un des deux

vient à partir. En revanche, si l'amour s'en va, ce lien se défera automatiquement, ce qui fait qu'en aucun cas, arrivées ici, les âmes ne seront obligées de se « rencontrer ».

Il fallait donc que le féminin reprenne sa place. Les femmes jouent un rôle de plus en plus important parce qu'elles seules peuvent faire revenir l'Amour sur la planète. Elles seules peuvent aplanir les situations au lieu de déclarer des guerres. Elles seules ont ce secret merveilleux, celui de donner la vie qui les rend si délicates et psychologues. Tendresse et compréhension leur permettent de résoudre des situations inextricables. Regarde autour de toi et tu comprendras que le futur de la planète ne sera positif que si les femmes le dirigent. Pas sur toute la planète, mais dans de nombreux pays, la femme aura une importance capitale dans les gouvernements.
C'est ainsi. Tu pourras le constater bientôt.

Bonne nuit ma fille.

1er septembre 2006

Que peut-on dire du corps physique ?

Mais encore ?

Quelle est son importance ?

Importance capitale ! Il est le véhicule à travers lequel vous traversez la vie. Tu es Christine sur terre à travers ton enveloppe charnelle, tu n'es pas Christine ici mais une âme avec des mémoires. Donc, à travers ton corps, on te reconnaît. Il est un habit qui vous permet d'être visibles pour les autres. Lorsque vous décidez de tenter l'expérience terrestre, vous choisissez l'enveloppe qui sera vôtre, mais la plupart du temps, vous l'abîmez par faute de soins et d'attentions. Ce corps est primordial, puisqu'il relie l'âme aux autres humains. Rôle déterminant, non ? Selon « l'apparence », la vie va devenir plaisir ou cauchemar.

Explique-moi.

Si une enveloppe est belle et attrayante, la vie sera plus facile que si elle est trop petite ou trop grosse ou laide comme vous dites. Mais doit-on s'arrêter à ces considérations ? Non, et vous le savez bien. S'intéresser à la beauté intérieure est devenu une plaisanterie chez vous, et pourtant elle existe, elle est beauté de l'âme et la seule dont vous devez tenir compte. La beauté physique n'entraîne pas la pureté de l'âme et le physique ingrat n'est pas synonyme de négativité.

Pourtant tu m'accorderas que certains ont la méchanceté inscrite sur eux, non ?

Oui, mais enlève ces marques. Derrière, y a-t-il forcément un vilain visage ? La méchanceté l'a déformé, c'est tout.

Pourtant, on dit que l'âme se reflète dans les yeux ?

Oui, un regard en dit long. Vous prononcez souvent ces mots : « il m'a parlé avec les yeux, ses yeux m'ont souri ». Oui, on peut sourire avec les yeux et rire aussi. Mais ce n'est qu'une partie du corps. Une personne avec un handicap, à savoir une silhouette peu avantageuse ou déformée n'aura pas pour autant un regard négatif. Ses yeux peuvent être d'une exquise beauté. Il ne faut donc en aucun cas s'arrêter à ce genre de considérations mais plutôt rechercher dans l'autre son cœur et l'amour qui pourra vous réunir. Chaque être a une capacité d'Amour qui vous relie. Nul n'est complètement mauvais, ni complètement bon. Tu comprends ? Encore une fois, ne jugez pas. En dehors de la considération physique du corps, je voudrais te parler de sa santé mais le sujet est trop vaste pour cette nuit.

Bonne nuit ma fille

2 septembre 2006

Aimerais-tu parler de la santé du corps physique ?

La plupart d'entre vous n'ont pas conscience du joyau que représente la santé. Équilibre et harmonie de vos différents corps, elle est la fusion entre conscient et inconscient. Impossible de vous désaccorder avec vous-même. L'homme doit être un tout équilibré pour traverser sa vie sans encombre. D'où l'importance d'amener la Lumière dans votre corps pour que chacune de ses cellules y vibre avec harmonie et soit reliée à l'univers, au Tout.

Et que pensez-vous des greffes d'organes ?

Sujet délicat ! Lorsque les médecins parlent de greffe à un malade, c'est que tout espoir de guérison est compromis. Sans cette greffe, l'homme devra terminer sa route.

Si la fin de son parcours est inscrite, pourquoi vouloir lui imposer une telle opération ?

Parce que vous ne comprenez pas cette idée de libération et vous vous acharnez à prolonger la vie. Le rôle des médecins est de la sauver, il est donc normal qu'ils proposent une greffe.

Quelles seraient les conséquences si le parcours qui devait s'arrêter là était prolongé par une greffe ?

Déjà une immense inquiétude durant l'attente, puisque le malade ne sait jamais quand aura lieu cette lourde et douloureuse opération. Ensuite viendra l'angoisse du rejet. N'oubliez jamais que ce sont les organes d'un autre qu'on lui incorpore, constitué de données différentes. Tout doit être compatible pour que le corps de l'opéré assi-

mile ce nouvel organe. Je ne vais pas expliquer plus avant le point de vue médical, nous ne sommes pas là pour ça. Mais, pour en revenir à ta question, si une personne qui doit arriver chez nous, après avoir mené une vie sans histoire, passe par l'épreuve de la greffe, sa vie s'en trouvera totalement modifiée. Et après ? Cette résurrection ne va-t-elle pas entraîner un changement d'attitude ? Pour certains non, pour d'autres oui. Et que se passe-t-il ? Ils ont frôlé la mort de si près qu'ils ont cru que cette deuxième vie était une chance ! ! ! Donc, ils vont en profiter au maximum, au risque de modifier leur parcours, faisant tout et n'importe quoi, perturbant de ce fait leur évolution. À méditer ! Peut-on coûte que coûte prolonger un être au-delà de ses limites terrestres ?

Et si tu me parlais de la naissance ?

À quel propos ? Tu veux connaître le ressenti de la petite âme, comment elle vit ce retour à la terre ?

Ça m'intéresse, et ça allégera un peu le sujet de la greffe.

Et bien, après que la petite âme a choisi son père, sa mère et le moment de sa naissance, la maman tombe enceinte et le parcours de l'âme commence.

À quel moment s'incorpore-t-elle au fœtus ?

C'est variable, c'est elle qui décide. Dans le ventre de sa maman, elle s'imprègne de sa future existence. N'oublie pas qu'un bébé, malgré sa petitesse et sa fragilité, cache une âme possédant la Connaissance, décidée à recommencer une expérience terrestre, donc il entend et comprend tout ! Le bébé a choisi cette famille en tant qu'âme, il va devoir la connaître en tant qu'humain. Le ventre de sa mère est une transition. Tout est encore possible. L'âme peut, à tout moment de la grossesse, renoncer à la vie choisie. Au début, s'en aller s'appellera une fausse couche. Si elle s'incorpore dans les der-

niers mois et s'aperçoit de la difficulté de son choix, sa naissance pourra poser problème.

Et lorsque l'âme accepte de rester?

Son champ de conscience diminue peu à peu jusqu'à la naissance où il deviendra, comme pour tout être incarné, limité. L'âme apprend à reconnaître les voix des proches, à entendre les conversations, à partager les événements et à vivre avec les joies, les peines, les doutes, les regrets, les espoirs de sa mère. Elle s'en imprègne durant la grossesse. Tous ses excès, elle les vit mais est protégée du monde par ce cocon qui l'enveloppe. Transition éprouvante : passer d'un état de conscience élargi aux vibrations de la terre avec souffrances et épreuves! La petite âme le sait et profite de ces neuf mois de répit avant d'entamer son nouveau chemin. La première épreuve douloureuse sera sa naissance. Moment difficile qui peut traumatiser l'âme, devenue bébé : apprendre à respirer, à ressentir le froid, le bruit. Par bonheur, la voix maternelle est là qui réconforte.

Le bébé peut-il communiquer avec l'au-delà?

Oui et heureusement. Les temps de sommeil prolongés du nouveau-né sont des moments d'adaptation où il capte la conscience du monde qu'il vient de quitter et avec lequel il correspond. En dialoguant avec l'au-delà durant son sommeil, il comprend ce qu'il vit. Durant ce laps de temps, il redevient une âme à part entière. Peu à peu, il dort moins, passe plus de temps sur terre que dans l'au-delà et s'éveille chaque jour davantage!

Nous, parents, sommes impatients de voir l'évolution de notre bébé!

Oui, combien de fois, dites-vous : « vivement qu'il grandisse, tout petit ce n'est pas très intéressant! » Vous croyez que le bébé ne fait que manger et dormir! Pour l'âme, c'est une période transitoire et capitale qui lui permet peu à peu de s'acclimater à sa nouvelle vie.

Elle a besoin de ces longs moments de sommeil pour y puiser l'énergie nécessaire et s'habituer à cette incarnation accompagnée du retour au bruit, à la lumière fade, à ces obligations à surmonter. Heureusement, l'amour de ses parents l'aide à accepter.

Pour en revenir à la santé, as-tu des conseils à donner ?

Occupez-vous de votre corps, ne le négligez pas ! Pensez à vos pieds et à leur travail ! Pensez-vous au poids qu'ils supportent ? Personne ne se soucie vraiment de son cœur, de ses poumons, de son foie, de ses organes vitaux, des membres que l'on sollicite tant. Avoir conscience de l'importance de son corps devrait être une priorité. Car si ce véhicule est en bonne santé, la vie en sera facilitée !
Bonne nuit ma fille.

3 septembre 2006

Dis-moi, que deviennent les artistes près de vous, ces hommes qui vivent leur métier comme une passion, tels les peintres, les musiciens, les écrivains et ceux qui travaillent dans les métiers d'art ?

Comme nous l'avons évoqué précédemment, nous choisissons la mission qui sera nôtre durant l'éternité. Certains considèrent qu'ils doivent prendre du temps pour leur propre évolution et attendent avant d'opter pour l'une d'entre elles, sans aucune obligation. Plusieurs décident d'accompagner ceux qui viennent de passer par accident ou par maladie, ceux qui sont partis dans leur jeunesse ou dans leur grand âge, d'autres vont aider ceux qui vivent dans les pays où trouver de la nourriture relève du défi, ou ceux qui sont en guerre. D'autres encore se mobilisent pour assister les mourants. Et il existe bien d'autres missions…
Quant aux artistes, ils ont vécu sur terre une passion à travers leurs créations. À leur détriment car, souvent dans la misère, ils n'ont été reconnus qu'après leur mort ! Quel vide, un jour sans cette flamme !
Prends l'écrivain si cher à ton cœur et qui ne cessait d'écrire : Victor Hugo.

En effet ! Et il a été l'écrivain le plus productif de toutes les générations !!!

Oui, il écrivait quotidiennement !!! Ici, les créateurs vivent dans la continuité de leurs œuvres ! Le passage ne change rien. Leur notoriété s'en trouve accrue. Et quelle mission choisissent-ils ? Ils aident ceux qui se destinent à la même activité. Ils passent à travers eux ou plutôt les inspirent, ce qui n'est pas la même chose.

Quelle est la différence ?

Elle est importante. Lorsqu'une âme passe à travers l'artiste, il prend les traits et la voix du disparu et ce n'est plus lui qui travaille, mais le créateur décédé. L'âme inspiratrice se contente d'insuffler les idées qui furent siennes sans jamais se montrer. On reconnaîtra son style et l'on pensera que l'artiste s'est inspiré de l'œuvre du défunt. Vois-tu la différence ? Pour eux, c'est extraordinaire car ils continuent à vivre leur passion, à composer de nouvelles œuvres à travers ce souffle qui est le leur. Les artistes n'en sont pas moins méritants ! Ils composent, peignent ou écrivent sous inspiration, inconscients de leurs états de fortes captations et l'amour extrême pour l'art leur permet d'y arriver. Ils travaillent beaucoup et l'âme admirée qui les soutient ne suggérera pas son œuvre à un artiste qui ne l'aime pas. Ce serait ridicule.

C'est-à-dire ?

Pourquoi Beethoven inspirerait-il un musicien qui ne supporte pas sa musique ? Temps perdu. En revanche, s'il a toujours passionné l'artiste qui a découvert le classique à travers lui, l'âme du disparu aura plaisir à donner de nouvelles idées de composition. En les entendant, les mélomanes diront : « Que de similitudes avec la musique de Beethoven ! » Lorsqu'il jouera une des œuvres du grand artiste créée en son temps terrestre, leur fusion fera frémir une salle entière. Les âmes des artistes poursuivent leur art à travers l'humain, rectifiant l'erreur qu'il ne voit pas, l'épaulant lorsque sa feuille de musique, de dessin ou d'écriture reste blanche. Ceci vaut pour les métiers d'art, de la sculpture à la couture en passant par la verrerie ou la joaillerie, et ce sans être réservé à l'élite. Si l'artiste ne saisit pas d'où lui vient l'inspiration, des œuvres originales verront le jour. Pour l'âme ce sera un réel bonheur, car elle aura créé à travers lui.

Parlons de la médecine : c'est la même chose. N'as-tu jamais entendu parler des médecins du ciel ? Ils sont au chevet du malade, aux côtés du médecin terrestre, et soignent en parallèle. Ils le font avec leurs énergies et soufflent des diagnostics pour faire avancer la guérison. Quelle présence dans les hôpitaux et au bloc opératoire où ils assistent les chirurgiens ! Mais non ma fille, ils ne peuvent pas guérir le monde entier !

Tu as capté ma pensée ! Et pourquoi donc ?

À cause du parcours tracé à respecter ! Si la fin de vie arrive par cette maladie, rien ne pourra l'empêcher, même pas les médecins du ciel.
Le cas du Dr Lang et de Mr Chapman est exceptionnel car ce chirurgien de l'au-delà passe à travers un homme n'ayant aucune formation médicale. Leurs vibrations correspondent. De ce fait, il peut soigner à travers le monde.

Monsieur Chapman est bien cet homme qui, en parlant la nuit, utilisait des termes médicaux que son épouse ne comprenait pas, lui non plus d'ailleurs. Il était pompier professionnel, sans haut niveau d'études. Un ami lui proposa d'assister à une séance spirite. Il lui fut révélé que le docteur Lang, chirurgien du siècle précédent, désirait passer à travers lui pour soigner des malades. Ce qu'il fit peu de temps après. D'après les personnes qui ont assisté à ces guérisons, le visage et la voix de Monsieur Chapman se transforment pour laisser apparaître ceux du Docteur Lang durant la séance de soins.

Phénomène spécial puisque le Dr Lang a choisi une personne différente pour continuer son œuvre sur terre. Voilà ce que l'on peut dire des êtres empreints de leur passion et qui la communiquent après leur passage. D'autres auront la possibilité, en tant qu'âme, de continuer à faire ce qu'ils aimaient sans pour autant passer à travers quelqu'un. Ils pourront le matérialiser au gré de leur désir.
Bonne nuit, ma fille.

4 septembre 2006

On dit que les lieux ont une âme, une mémoire. Qu'en pensez-vous ?

C'est une évidence. Il existe des lieux qui ont une mémoire et d'autres occupés par l'âme qui ne peut s'en détacher.

C'est-à-dire ?

Certains lieux sont parfois le théâtre de manifestations que vous appelez fantômes. L'âme y a vécu et ne se résout pas à les quitter. Elle y sera les premiers temps, y reviendra sans cesse, désirera y rester éternellement. C'est une possession du lieu. Elle refuse de l'abandonner et crois-moi cela existe ailleurs que dans les châteaux. Rien à voir avec la mémoire des lieux qui absorbent les événements marquants qui s'y sont produits, quel que soit l'endroit : une maison, une ville, un champ, qu'importe, la mémoire reste et refuse une nouvelle vie à cette place-là.

C'est ce que je voulais savoir, et je comprends enfin pourquoi, certains commerces – fussent-ils divers et nombreux dans un même emplacement -, finissent tous par péricliter… De même, il a été constaté que dans certains immeubles, chaque foyer s'est trouvé confronté à la même maladie, à des violences, à des divorces… Pensons aussi à ces agriculteurs qui se retrouvent sans raison avec les morts successives de leurs bêtes, à cause d'une maladie soudaine et incompréhensible… Il est arrivé de constater que dans certains lieux où la Gestapo a sévi, cette violence incrustée en terre a refusé une quelconque sérénité du lieu.

Oui, parce que les lieux sont habités de noir.

Bonne nuit ma fille.

5 septembre 2006

À quoi sert la médiumnité ?

Mais à garder le contact entre nos deux mondes, ma fille ! Ici, des recherches sont faites en vue d'améliorer les contacts, pour qu'ils deviennent évidents à beaucoup d'entre vous.

Est-ce un problème chez vous ?

Bien sûr, car le but de nos manifestations est de vous faire admettre que la survie de l'âme existe, et que la vie terrestre n'est qu'une expérience de quelques années dans le flot de l'éternité… Combien de personnes en sont-elles convaincues ? Bien trop peu hélas… C'est si important pour nous que l'humain nous voie, nous entende, nous croie… Et si difficile… Imagine combien la terre serait épanouie sans la guerre ! Si vous compreniez enfin que vous êtes là pour vous entraider, non pour vous jalouser et ne désirer que le pouvoir, religieux ou politique ! Chaque état, en son nom, est prêt à exterminer son voisin. Si vous compreniez que votre temps terrestre est de courte durée et admettiez que tout n'est qu'illusion, alors cette boucherie cesserait ! ! ! Prendre conscience que l'âme survit, c'est voir la vie autrement.

Quels événements peuvent-ils aider à prendre conscience ?

Pensons à ceux qui ont fait une expérience aux frontières de la mort. À leur retour, ils changent leur manière de vivre et de penser, intègrent combien tout est éphémère, combien est la fragilité de la vie qui peut basculer si vite ! Leur parcours terrestre devient une aventure où il faut savourer chaque seconde au lieu de se plaindre, une aventure où il faut connaître et expérimenter au lieu de se cantonner à la routine, où il faut se tourner vers les autres pour enrichir son âme de l'Amour Universel, le seul positif de la vie. Ces personnes acceptent de ne plus se mentir à elles-mêmes, pour aller à l'essentiel : se remettre en question ! ! ! En voilà une opération délicate ! Juger l'autre est un exercice quotidien, mais se juger soi ? Qui, chaque matin s'interroge sur ses faiblesses, ses torts, ses hypocrisies, ses méchancetés ? Qui profite de la nouvelle journée pour que cela change ? Qui accepte de bouleverser sa façon de penser et de vivre pour se tourner vers l'humain ? Qui accepte de renoncer à l'argent pour son ego afin d'en faire profiter l'autre ?

« Se regarder dans une glace », c'est bien ce que tu veux dire, non ? N'est-ce pas ce dont les entités nous parlent au sujet du temps de repos ?

Oui et de plus, on vous fait ressentir tout le mal que vous avez fait ! ! !
Revenons à la médiumnité, je m'en suis quelque peu éloigné…
La médiumnité permet à deux êtres de rester en contact grâce à un troisième, l'intermédiaire ou plutôt l'interprète. Interprète de ce que chacun veut dire à l'autre, moyen de garder contact avec les aimés et de percevoir une infime partie de leur éternité. Je dis bien une partie car je te rappelle que nous ne pouvons répondre à toutes vos questions concernant l'au-delà. Comment vous faire comprendre le déroulement de notre vie ici avec votre champ de conscience limité ?

La médiumnité, c'est toi et moi qui parlons, c'est le consultant qui vient me voir pour contacter l'un des siens, devenu âme.

Oui, mais ce contact devrait être dénué d'égoïsme. Or, combien venant avec la photo d'un de leurs proches – hormis les parents qui attendent un contact de leur enfant – posent une question sur le disparu ? Ils préfèrent demander s'ils doivent vendre, acheter, s'ils vont s'en sortir, trouver du travail, rencontrer quelqu'un ? Combien commencent par cette phrase : Est-ce que tout va bien pour lui ? Quelle est sa vie ? Est-il content ?

Très peu en effet…

La médiumnité n'est pas de la prédiction, comprends-tu ? Oui, je sais que tu comprends puisque ce que je te dis, tu le vis au quotidien. La médiumnité sert à ce que deux êtres communiquent. Lorsque sur terre un mari et une femme dialoguent, avant de se dire bonjour l'un dit-il : est-ce que je vais trouver du travail ce matin, est-ce que je peux prendre ma voiture ou une autre question du même type ? Bien sûr que non. Le mari ou la femme au réveil s'embrassent en se saluant. Mais dès que l'un d'eux passe de l'autre côté, se soucier de son bien-être devient superflu.

On entend souvent la réflexion suivante : « » il me doit bien cela. Ah oui et pourquoi ? Pour lui avoir joué le vilain tour d'être parti, pour avoir osé le ou la laisser seul(e) ? N'est-ce pas encore de l'égoïsme ? Je ne te parle pas des premiers mois de deuil où la personne est en souffrance, non mais au bout de quelques années. Oui, c'est de l'égoïsme. Pourquoi ne me fait-il plus de signes comme avant ? C'est un minimum pourtant. Ah bon et pourquoi ?

L'âme fait des signes à tout instant à la personne restée sur terre, en lui envoyant des idées pour qu'elle avance, pour régler un problème. Elle ne peut le faire à sa place bien évidemment, mais on croirait que l'être humain prend une manifestation comme un dû ! C'est archi faux ! Le parcours de l'âme était terminé sur terre, elle n'a abandonné personne, elle a continué son chemin dans l'autre dimension, dans sa vraie vie. Ce n'est pas injuste ! Au contraire la vraie vie commence dénuée de souffrance ! Il faudrait que l'être humain se rende compte que sa peine est égoïste car empreinte de l'absence, du manque physique, mais qu'il peut se réjouir pour l'autre qui est parti et dégagé de toute forme de souffrance. J'entends souvent : « Évidemment c'est facile maintenant pour lui ». Un reproche que l'humain envoie à l'être proche parti. Avoue que c'est quand même étrange. Et encore une fois ce n'est pas parce que le proche est de l'autre côté qu'il a accès à tout et peut tout révéler de ce qui va se passer dans la vie de son proche sur terre. J'entends aussi : « il serait temps qu'il fasse quelque chose ou il peut bien faire cela non ? » Quel étrange comportement de continuer à penser que même de l'autre côté l'âme doit rester à disposition ! Car pour dire cela d'un être parti, l'être humain a agi de la même façon de son vivant et considéré que ce proche devait être à sa disposition !

Voilà en quoi la médiumnité est faussée car elle n'a pas du tout ce but-là au départ.
Car il ne s'agit que d'Amour. De faire passer son amour à celui qui est sur terre. C'est tout mais insuffisant pour bien des humains ! De plus en plus beaucoup d'entre nous travaillent pour trouver des moyens de plus en plus faciles et évidents pour que vous compreniez que nous continuons à vivre et à être près de vous. D'ici quelques années, beaucoup d'entre vous changeront de point de vue car des méthodes révolutionnaires vont permettre au monde entier de prendre conscience de la véritable existence de l'au-delà. C'est en cours de recherche et devrait aboutir d'ici quelque temps, bientôt, sous peu ! ! ! C'est de l'ironie par rapport au temps.

Bonne nuit ma fille.

8 septembre 2006

Nous avons déjà évoqué le suicide, peux-tu nous rassurer quant à la délivrance de ces âmes ?

Un suicidé, lors de son passage provoqué revoit aussitôt le visage d'un aimé. Même si ce choix interrompt son destin, le Guide sait ce qu'il s'apprête à faire et prévient ses aimés disparus. Mais avez-vous pensé que le choix a pu être programmé ? Qui te dit qu'avant sa naissance son Guide ne l'a pas prévenu de la dureté des épreuves choisies et du fait qu'il serait dans l'impossibilité de les assumer ? Le problème est là et vient de ce moment-là.

Il est très important pour nous de comprendre le processus d'un suicide.

Comme tu le sais, avant de vous incarner, vous choisissez votre parcours dans ses grandes lignes. Ensuite le libre arbitre interviendra, mais ne brûlons pas les étapes. Restons au stade du choix commenté par le Guide.

Pourquoi un Guide nous accompagne-t-il lors de ce choix ?

Seul le Guide a la notion du choix du futur incarné et surtout de ce que sera son application sur terre, compte tenu de la diminution de la conscience. Oui, seul le Guide sait ce qu'est le temps terrestre et sa longueur en cas de difficultés. Dans certaines vies, les problèmes s'enchaînent sans répit. L'âme avait choisi l'épreuve pour évoluer plus vite et malgré les vives recommandations de son Guide, sur le gros risque de ce choix, pouvant conduire au suicide, elle ne veut rien entendre et s'incarne malgré tout.
Avant l'incarnation, l'âme est sceptique quant à sa probable défaillance. Elle sait que se suicider, c'est interrompre son choix et

qu'après le suicide elle devra recommencer un parcours jalonné d'autant de difficultés ou rester en plan de réflexion plus longtemps qu'une autre âme avec une plus lente évolution.

Le suicidé encourt-il les foudres célestes ?

Attention ! Contrairement à certains dogmes religieux, le suicidé n'est pas puni, vu que nous ne jugeons pas. C'est, comme tu dirais, « une rupture de contrat » que la personne va assumer seule et juger, après son geste. Toute âme a le droit de revoir tout de suite ses aimés disparus, avant le long cheminement de sa compréhension. Encore empreint de la terre, l'âme comprend son geste et essaye en vain d'appeler ceux qui sont restés pour le leur expliquer. En vain. Plus personne ne l'entend, plus personne ne la voit. Puis peu à peu son Guide, – car Il est là – lui fait comprendre qu'elle vient d'interrompre son chemin. Elle comprend son erreur même si elle se sent soulagée de ce fardeau. Durant son temps de repos, elle appréhendera l'ampleur de son geste. Elle seule va se juger, elle seule va se rendre compte que se suicider a arrêté son parcours avant sa fin pré-inscrite. Elle se met dans une situation d'attente cosmique.

Qu'est-ce que l'attente cosmique ?

Dès que l'âme a compris son geste, elle se trouve dans un état de mal-être, accompagné de lourdes vibrations. L'attente cosmique est le temps qu'il lui faudra pour accepter ce geste sombre et définitif et le transformer en Lumière. C'est accepter soit de revenir à une nouvelle incarnation, soit d'évoluer à son rythme avec plus de difficultés pour accéder aux plans supérieurs.
L'âme doit sortir de cette énorme culpabilité, de ses remords devant les siens effondrés et en questionnement ?

Et quelle est la résonance du suicide chez les proches ?

Leur culpabilité est inutile. Leur propre conscience les alerte sur le fait qu'ils n'ont pu empêcher le suicide mais surtout sur le manque d'Amour qui est en eux !

Mais revenons au suicidé. Il aura besoin de toute la compréhension des âmes missionnées à ses côtés pour l'aider à se pardonner, retrouver la Lumière et accepter son évolution. Ces âmes-là ont eu un parcours similaire et ont choisi d'aider leur semblable afin qu'il ne se réimprègne pas de la culpabilité. La lumière est pour eux aussi. J'insiste ! Ils ne sont pas maudits pour l'éternité ! ! Aucun obstacle à ce que leur enterrement se déroule comme tout autre décès. Si on lui refuse la paix sur terre, où se trouve l'Amour ?

Bonne nuit ma fille.

9 septembre 2006

Tiens cette nuit, je pense à ces générations où ne naissent que des filles, qu'en penses-tu, toi ?

C'est un vaste sujet, plein d'intérêt…

La femme, nous en avons déjà parlé, a un potentiel d'Amour important car son corps est le berceau de la création. Elle est donc préparée à cet amour sans restriction. Et qui s'accompagne naturellement de douceur, de compréhension, de tolérance. Une mère ne laisse pas tomber son enfant, quoi qu'il ait commis.
Si dans une famille, une génération ne comporte que des filles, il est important d'observer le comportement des hommes plus âgés. Tu te rendras compte que les hommes ont dû avoir une attitude de maître, face à la femme esclave et une autorité démesurée vis-à-vis de tous.

Il me vient à l'esprit des conversations entendues, à propos d'une famille, où les hommes jetaient à terre un billet pour que leurs femmes achètent de la nourriture, et ce pour leur seule satisfaction de tyran. Ils dégustaient ensuite leur repas sous l'œil affamé des enfants, heureux d'avoir privé leurs femmes de toute indépendance matérielle. Ce tyran-là est maintenant dans un fauteuil roulant, privé de paroles.

Tu comprends pourquoi, des filles devenues femmes vont couper cette lignée de cas difficiles et permettre d'atténuer la tare de ces hommes… Les femmes auront des vies éprouvantes, car elles régleront le karma familial de leurs aînés, en transcendant la brutalité en compréhension et en douceur. Parcours difficile pour elles, qui acceptent, avant de s'incarner, de supporter d'être confrontées à des personnes ressemblant aux hommes de leur famille. Au fur et à mesure, elles gèrent ces situations en les comprenant. Courageux choix de vie pour dégager leur famille d'un poids pesant depuis plusieurs générations. Et libérant ainsi de la violence, les âmes à venir…

Bonne nuit ma fille.

10 septembre 2006

Les âmes sœurs m'intriguent. Qu'en dis-tu, toi ? Qui sont-elles et d'où vient leur attirance réciproque ?

Lorsqu'elles se rencontrent, elles ont l'impression d'une connaissance très ancienne. Partageant les mêmes idées, elles n'ont pas besoin de se parler pour se comprendre. C'est l'évidence. Elles sont bien ensemble, ressentent la nécessité de se voir. L'être humain fait fausse route en pensant que les âmes sœurs sont obligatoirement un couple d'amoureux. Cela arrive et peut provoquer des drames lorsque l'un ou l'autre est marié, car une force irrésistible, incontrôlable les attire. Il peut exister deux amitiés d'hommes ou de femmes, dans un lien de parenté, entre grands-parents et petits enfants, donc pas toujours en relation avec l'amour charnel, mais avec l'Amour universel puisque les âmes se sont déjà connues dans l'au-delà et demandent à ce que leurs routes se croisent sur terre. Elles peuvent se retrouver venant d'une autre vie : domaine que je ne tiens pas à aborder pour le moment. Deux âmes sœurs qui s'aiment ne vivront pas forcément ensemble. Et ce sera difficile car elles ne pourront plus se quitter, quelle que soit la forme de rencontre. Leur aimantation – il y a aimant dans ce mot, vois-tu ! -, les obligera à se voir, se parler, se téléphoner sans discontinuer. Cela se passe sur un plan différent du plan terrestre. D'ailleurs lorsqu'il s'agit de rencontres amoureuses, je préfère amoureuses que charnelles, ils te diront, – et ils sont sincères crois-moi – que leur amour est bien au-dessus du sexe et qu'ils n'en ont pas besoin pour être bien ensemble. Évidemment, puisque deux âmes se retrouvent ! Le côté spirituel, disons le côté non humain les réunit. S'ajoutent par la suite les sentiments de la terre mais le premier jet est celui de l'Amour universel, dénué de tout égoïsme puisque l'égoïsme est son contraire. Ne penser qu'à son plaisir relève du nombrilisme. Sans jugement aucun, ces êtres en souffrance n'ont pas compris leur chemin et, à travers leur égoïsme font souffrir persuadés pourtant d'être des victimes. Rien à voir avec les âmes sœurs.

Bonne nuit ma fille.

12 septembre 2006

Et comment voyez-vous la veillée des morts ? Que faut-il faire ?

Voici un exemple terrestre pour que tu comprennes. Le jour de la rentrée à l'école de ton enfant, peux-tu concevoir de le laisser se débrouiller seul alors qu'il n'a que trois ou quatre ans ? Non. Tu l'accompagnes dans la classe, tu lui parles, tu joues avec lui et tu lui expliques que tu vas le quitter mais que tu viendras très vite le rechercher. Malgré cela, tu ne peux éviter ses pleurs. Il refuse ton départ et te regarde partir le cœur gros.

Si je le laissais seul dans cette cour à franchir, moi derrière les grilles, que ferait-il ?

Il ne saurait trouver ni sa classe, ni son porte-manteau, ni sa maîtresse. Et tous ces enfants autour de lui et qu'il ne connaît pas... Imagine ce qu'il vivrait. Il serait perdu avant que la maîtresse ne le prenne par la main... Quelle épreuve !

Tu veux dire que pour une âme, c'est la même chose.

Bien sûr ! Quand la personne décède et se retrouve à la morgue, elle vient de passer d'un état terrestre à un état céleste. Peu intéressée par l'au-delà, elle se demande ce qui lui arrive, où elle se trouve au moment de son décès car, nous en avons déjà parlé, elle ne peut plus communiquer avec ses proches. Celle qui décède seule chez elle et qu'on ne trouve qu'après ne connaît pas ce nouveau monde, ne comprend pas où elle est, ce qu'elle fait, malgré la présence du Guide pour la rassurer, comme la maîtresse le fait pour l'enfant. En vain, Il tente une explication mais elle ne veut rien savoir. De plus, elle est transportée dans un linceul fermé. Elle voit tout, ne comprend toujours pas, se sent enfermée. Mieux vaut recouvrir le défunt d'un drap. Après ce transport, elle se retrouve dans un tiroir sombre et délaissée, lui semble-t-il, de tous. À cause de son incroyance en l'au-delà, elle reste près de son corps au lieu de s'en éloigner. Perdue dans ce nouvel univers, les paroles ou plutôt les pensées de son Guide ne la rassurent pas.

Le moment où l'on vient la voir finit bien par arriver ?

Là, c'est encore plus douloureux car elle ne peut s'adresser à son proche, la rencontre est de courte durée et de nouveau elle est redirigée vers ce tiroir funéraire sombre et isolé. En revanche, elle peut communiquer avec des inconnus délaissés qui se trouvent dans le même questionnement inquiet. Elle finit par comprendre, avec l'aide de son Guide, qu'elle a quitté la terre et que ceux qu'elle entend sont morts également.

Ce départ ne doit pas être facile !

Et pourtant, son Guide est là, ses aimés morts avant elle aussi, mais elle n'a plus aucun repère. Elle est mise à l'écart, coupée de l'amour terrestre durant quelques jours, le temps des préparatifs sans elle. Il est compliqué de comprendre ce qui se passe. Malgré l'amour et les pleurs – ce n'est d'ailleurs pas un critère, tant d'êtres humains versent des larmes de crocodile comme vous dites-le passage par ce tiroir lui est très pénible. Surtout, si vous devez vivre cela, il est indispensable, de parler mentalement au décédé de lui envoyer des pensées de Lumière pour qu'il ressente un minimum de bien-être. Hélas, beaucoup n'y pensent pas alors qu'il serait si important de le faire !!!

Autre exemple : une personne décédée qui va pouvoir rester chez elle, de son départ jusqu'à l'enterrement ou l'incinération, moment qui devra être, je le précise et c'est important, minimum trois jours après le décès. Elle est dans son lit, son environnement et cela change tout. Même si elle voit ses proches et ne peut leur parler, elle a repéré sa chambre ou une pièce de sa maison où elle a ses habitudes. Elle écoute mieux son Guide, car elle peut faire l'aller-retour entre sa maison et l'autre monde. Les amis viennent plus facilement chez elle qu'à la morgue, elle les voit, les entend et, peu à peu, quitte son nid douillet pour se diriger vers la Lumière où d'autres êtres l'attendent. Elle ne se sent ni abandonnée des siens, ni seule dans ce nouveau monde.

Elle s'adapte donc en douceur à sa nouvelle condition d'énergie…

Être encore dans le lieu qu'elle aimait change tout. Il serait important de revenir aux coutumes anciennes qui consistaient à veiller nos morts et à s'en occuper jusqu'à l'enterrement. Vous êtes désormais dans un monde où tout doit aller vite. Pourquoi ? Veiller un mort, c'est lui donner la chance de commencer sa vie céleste la paix au cœur et à l'âme, c'est lui donner la possibilité de comprendre, c'est lui laisser le temps de se séparer des siens sans brutalité, et de se diriger vers le temps de repos avec sérénité.
Je voudrais aussi parler du jour de l'enterrement ou de l'incinération. Croyez-vous que le défunt ne mérite pas que vous vous arrêtiez une journée ? Une vie ne le mérite-elle pas ? Quel égoïsme de ne pas se bousculer un peu. Car enfin, passer une journée de fête pour un baptême, une communion, un mariage, vous semble normal parce que c'est heureux !

Pour un enterrement, la cérémonie terminée, souvent tous se dispersent.

Pourtant un repas commun serait pour l'âme envolée, un moyen de se retrouver avec vous, avant de partir vers son repos. Et là aussi, c'est heureux. Prendre le temps, alors que le temps n'est qu'illusion, c'est important ! ! ! De plus, cette personne peut avoir été un élément fondateur en vous donnant l'amour, voire même la vie.
Bonne nuit ma fille.

17 septembre 2006

Papa, tu parles du mal-être de ceux qui sont dans un tiroir à la morgue. Que fait le Guide ? Pourquoi souffrent-ils ainsi ? Moralement bien sûr. Ne sont-ils pas accompagnés ? Et s'il y a autopsie ?

C'est important, et il était nécessaire que nous en parlions. En fait, lorsqu'une âme s'en va, elle ne va pas réagir de la même façon suivant son évolution, ça, je pense que tu l'avais compris. Une âme évoluée verra tout de suite son Guide et ses aimés et n'aura aucune difficulté à comprendre son nouvel état et à l'accepter.

Pourquoi insistes-tu sur l'acceptation ?

Je te donne un exemple : lorsque tu te réveilles d'un rêve ou d'un cauchemar, ne te faut-il pas un laps de temps, au réveil, pour comprendre que tu étais endormie et, que ce n'était qu'un rêve ? Un temps est nécessaire pour que tout soit clair et que tu te dises : j'étais dans un rêve. Et puis là aussi, cela dépend : s'il est plaisant ou si c'est un songe, tu diras : dommage, c'est déjà fini !

Je t'interromps car il est important d'expliquer ce qu'est un songe : c'est une rencontre entre le rêveur qui sort de son corps pour se trouver sur un premier plan et la personne décédée qui abaisse sa vibration jusqu'à ce plan inférieur afin qu'une vraie rencontre puisse avoir lieu.

Ne t'est-il pas arrivé de refermer les yeux pour reprendre le cours de ton rêve et de ne pas y arriver ? Et là, tu es déçue d'être sur terre. Quelle déception de te retrouver dans ta vie morne alors que tout te paraissait si beau ? Parce que l'être aimé était près de toi jusqu'à l'effleurer ? En revanche, au réveil d'un cauchemar, tu es soulagée de cette irréalité. Tu seras alors de bonne humeur car sortie de l'angoisse et ta vie te semblera magnifiée.

Tu compares les réveils avec le passage ?

Je t'explique. Une personne malade jeune ou âgée vivra son départ comme le réveil d'un cauchemar. Malgré son incompréhension momentanée, après avoir vu son Guide et les siens, elle va réaliser que son calvaire terrestre a pris fin.

Et si nous en venions à l'autopsie ?

Le Guide maintiendra la personne dans de hautes vibrations pour qu'elle n'assiste pas au morcellement de son corps.

Et qu'arrive-t-il au défunt qui était heureux de vivre, et parti brutalement en pleine force de l'âge ?

Il va se révolter, car même évolué, il ne supportera pas l'idée de ne plus pouvoir s'adresser à ses proches. Malgré les explications du Guide, il ne voudra pas quitter le rêve de sa vie pour entrer dans la réalité de l'Au-delà.
Évolué ou non, l'autopsie lui sera épargnée de la même façon.
En résumé chaque âme prisonnière de la morgue ou devant l'autopsie se trouvera éloignée de cette vision par son Guide qui lui assurera réconfort, explication et assistance jusqu'à l'enterrement ou l'incinération. Ces moments de désarroi ne seront que d'infimes parcelles de temps, comme nous l'avons dit au début du message. Celui qu'il vous faut pour sortir d'un rêve et le comprendre.

Une personne veillée dans son lit, n'aura pas à vivre la même chose. Même si elle n'est pas consciente de l'au-delà, elle restera près de son corps et verra les siens. Il n'y aura que deux moments où on l'éloignera de son corps : le temps de la préparer dans son lit et celui où son corps sera mis dans le cercueil. Plus facile pour elle et pour le Guide !

Difficile pour vous d'imaginer que déjà la douleur physique n'existe plus et que la douleur morale est différente car hors du temps.

Pour ma part, le moment de préparation de mon corps, ne m'a pas été montré et le voyage pour revenir chez nous, je l'ai fait sur le toit ! ! !

Sur le toit de quoi ?

Sur le toit du fourgon.

Quoi ?

Mais oui, je ne me sentais pas enfermé dans mon cercueil, scellé non ?

Non, on dit plombé.

Je ne sais pas, je ne l'ai pas vu, on me l'a dit après. Non, je n'étais pas dans cette boîte, j'étais sur le toit du fourgon. C'était bizarre, mais pas désagréable ! De plus je n'y étais pas tout le temps car je me retrouvais aussi près de vous, accompagné de mon Guide que je n'appelais pas encore ainsi. Je le percevais comme une personne me commentant et m'expliquant ce que je vivais. Il était toujours là et le seul à m'entendre, car vous étiez devenus sourds à mes appels.

Tu te souviens encore de ces détails-là ?

Pour toi, pour que tu témoignes. C'est juste un retour sur ce moment pour te décrire mon ressenti. Aucune conséquence sur mon cheminement qui sera repris dès la fin de mon enseignement.

Lors de notre première nuit de messages, je t'ai expliqué mon accident et ta tristesse de fillette m'a envahi et perturbé. Le temps de te ressaisir et de te défaire de cette empreinte douloureuse pour renaître

à ta vie de femme dans la compréhension et l'acceptation d'un enseignement nouveau d'où toute tristesse est exclue.
Ton ressenti étant clair et harmonieux, mon âme se trouve en osmose avec la tienne, dégagée de toute ombre et de tout voile.

La Lumière jaillit d'entre nous deux.

Voilà ! Nos conversations vont s'interrompre. J'aurai l'occasion de revenir. Je reste à tes côtés ma fille et dis-toi bien que j'ai été plus qu'heureux que l'on m'ait accordé la possibilité de te donner cet enseignement tout au long de ces nuits pour que ton ouvrage voie le jour.

Merci papa. Merci beaucoup pour ces contacts riches de connaissance. Dits par toi c'est encore plus riche, riche à mon cœur de tout l'amour que je te porte. C'est à moi de te dire cette nuit : À bientôt j'espère Papa.

Je t'aime fort ma fille.

Si vous désirez joindre l'auteur de ce livre…

06 11 60 49 35

01 46 56 85 11

Email : and.christine@wanadoo.fr

Site : www.christine-andre.com

Du même auteur...

Eclatante Survie

Christine André

Préface de Monique Simonet

114 pages

ISBN : 2-912507-07-3

11 €

Christine André était une enfant choyée, adorée par ses parents. Mais la vie, parfois cruelle, lui a enlevé trop tôt son père. Le choc de la séparation a transformé Christine. Peu à peu, ses dons de médium se sont développés, jusqu'à ce qu'elle prenne conscience que son père était toujours auprès d'elle, l'aidant, la guidant dans les principales étapes de sa vie, allant jusqu'à lui donner la preuve matérielle de cette présence par une étrange photographie paranormale. Aujourd'hui, imprégnée de spiritualité, Christine aide les autres à comprendre que la Vie est éternité, que la survie brille au bout du chemin, éclatante et rassurante. Dans la préface qu'elle lui consacre, Monique Simonet n'hésite pas à écrire : « Merci à Christine André pour ce beau témoignage ».

L'auteur :

Christine André consacre sa vie à aider les autres dans leur peine.
Elle a développé un don de clairaudience qui lui permet d'entrer en relation avec les défunts.
Ceux-ci la guident et lui prodiguent des conseils. À maintes reprises, ils lui ont donné la preuve de leur survivance, de leur présence…

Du même auteur...

Les Moissons de l'espérance

Christine André

110 pages

ISBN : 2-912507-50-2

11,44 €

Christine André est médium. Elle a la faculté d'entendre la voix des défunts. Depuis l'Au-delà, ceux-ci nous guident, nous aident dans l'évolution de notre vie sur Terre.

Voilà le message que Christine fait passer dans ce second livre ou elle nous fait part de quantité de signes, preuves personnelles que nos proches ne nous ont pas abandonnés une fois passés de l'autre côté du miroir.

Dans un discours simple et accessible, Christine André n'hésite pas à lever le voile sur les étranges aventures qui ponctuent sa vie de médium auditif.

Son témoignage est troublant et émouvant.

Du même auteur...

Plus doux sera l'éveil

Christine André

Présenté et préfacé par
François Brune

172 pages

ISBN : 2-35185-047-5

16 euros

Par le canal de l'écriture intuitive, Christine André a reçu des messages de son père, désincarné depuis de nombreuses années.
Ce n'est pas la première fois qu'elle obtient de tels contacts mais, avec le temps et par-delà l'apparente barrière de la mort, elle obtient des messages de plus en plus subtils et riches d'enseignement.
Cette communication d'âme à âme et d'une sensibilité bouleversante nous incite à une réflexion sur le sens de notre vie et des rapports que nous entretenons avec nos semblables.

Aux éditions Le Temps Présent

Extrait du catalogue :

Mission des âmes dans l'au-delà
Une voyante témoigne
Merveilleuse certitude
Hélène Bouvier

NDE Expériences mystiques d'hier et d'aujourd'hui
Danielle Vermeulen

«Tu leur diras»
Jeannine van Camp

Déjà !
Caroline Martinez

Le Christ autrement
Les morts nous aiment
Père François Brune

Le flambeau ardent
Simone Saint-Clair

Témoignages et preuves de survie
Patrick Lannaud

Pour être tenu informé de nos publications
vous pouvez écrire à :

Editions Le Temps Présent
SARL JMG éditions
8, rue de la mare
80290 Agnières

tel. 03 22 90 11 03
fax. 03 22 90 17 28
email : jmg-editions@wanadoo.fr
site internet : www.parasciences.net

Aux Éditions Le Temps Présent

Imprimé en France
par JMG éditions
80290 Agnières
dépôt légal avril 2011